그와 그녀의 ♥ 시나리오

제9회
이화글빛문학상
수상작

그와 그녀의 ♥ 시나리오

전청림

글빛

모든 위대한 사랑은 사랑을 갈망하지 않으니,
그것은 그 이상을 갈망한다.

_ 프리드리히 니체, 『차라투스트라는 이렇게 말했다』

차례

1
이상형의 두 가지 추론 방식

"사랑은 언제나 슬픔을 함축합니다. 쓰디쓴 슬픔을 맛 본 사람들은 '나 다신 사랑 안 해.'라고 선언하지만 이내 곧 새로운 사랑을 찾아 나서죠. 가장 똑똑한 영장류라는 인간이 이 영원회귀와 같은 실패를 반복하는 이유는 무엇일까요? 왜 나는 항상 너를 그리워하고, 왜 나는 너를 독점하고 싶어 할까요? 이내 상처로 돌아올 뿐인 기대를 왜 먼저 시작하는 것일까요?"

"자기가 사랑을 해보긴 해봤어?"

소현은 여느 사랑 타령과 같은 진부한 강의가 나오는 티브이를 꺼버렸다. 그녀는 그때까지만 해도, 그녀가 사랑에 대해 진지하고 서글픈 고민을 시작하게 되리라는 것을 믿지 않았다. 그녀는 사랑에 관해서는 도덕적으로 해이했으며, 어느 날엔 사랑 없는 관계를 즐기고 쓸데없는 감정 소모를 즐겼다. 그마저도 그녀는 그것을 진정한 사랑으로 여겼다.

어쩐지 그녀는 강사의 웃긴 표정이 계속 떠올라 강의를 다시 보고 싶어졌다. 그녀는 그녀의 하얀 가죽 소파에 누워 막 잠들려던 참이었다. 포근한 브이넥의 포도주색 스웨터, 왼쪽 골반에 빨간색 하트 모양의 자수가 새겨진 검정색의 팬티만이 그녀가 입은 전부였다. 오드리 햅번의 영화를 보고 따라 산 레이스 안대를 그녀의 찰랑이는 검정 머릿결 위에 걸쳐두고 몸은 천장을 응시한 채, 테이블 위에 내려놓은 리모콘을 손으로 찾기 시작했다.

테이블 위에는 슬라이스 레몬과 하트 모양의 얼음이 가득 담긴 와인에이드가 반짝이는 크리스탈 컵에 담겨 있었다. 얼음이 채 녹기도 전에 그녀가 에이드를 모두 마셔버렸기 때문에, 이미 잔에는 에이드가 들어 있던 보라색의 흔적과 약간은 작아진 하트, 슬라이스 레몬만이 남아 있었다(그녀는 잠을 청해도 좋을 만큼 기분 좋게 취해 있었다). 그녀는 베트남 맥주처럼 시큼한 맛이 나는 그녀의 와인 취향을 사랑했다. 그리고 그 반짝이는 잔의 옆에는 피스타치오 부스러기가 담긴 접시와 그녀의 B+ 학점의 3장짜리 에세이, 그녀가 3주 동안 읽었던 발터 벤야민의 얇은 책이 있었다.

소현은 대학원에서 건축학을 공부하는 학생이었다. 중학생 때부터 대학 졸업까지 그녀는 미술 작품을 만들어왔으나, 그녀는 자신이 해왔던 일이 자연스럽게 자신의 미래를 결정하게 되는 것에 환멸을 느꼈다. 그녀는 미술을 동경하던 어머니의 밑에서 모두가 좋아하는 풍경화만을 그려오곤 했다. 그렇게 순종적인 삶을 사는 것이 감당 못할 지나친 열정이 초래할 피로보다 훨씬 자신을 편안하게 한다고 느꼈으나, 이내 그것이 그 반대의 상황이 되리란 것을 직감했다. 마침내 소현은 그녀가 전공했던 미술과 전혀 무관하지 않지만 조금은 색다른 분야인 건축학에 대해 흥미를 느꼈다. 우연히 접한 잠수함의 청사진은 그녀에게 큰 영감을 주었다. 그녀에게 그것은 완전히 새로운 드로잉이었다.

그녀는 "평가받은 그녀"와 "그녀 자체"의 분리가 잘 되지 않았다. C학점을 받을 땐 자신이 C학점짜리 사람 같아 어쩐지 서글펐고, A+를 받을 때면 자신이 A+의 사람 같아 괜히 우쭐했다. 평가는 늘 상대적이었고, 단기적이었으나 그녀는 지속적인 자신의 존재가 항상 변하는 것만 같은 느낌이 들었다. 그녀는 그녀 자신이 사회적으로 만들어진 존재라고 굳게 믿고 있었다. 때문에 독립적이고 주체적인 그녀 자신보다 외부적인 평가로부터 나의 의미를 찾으려 하는 경향이 있었다: 그녀는 의존적 인간이었다.

테이블 위를 손으로 훑고, 다시 테이블 밑을 훑자 부드러운 감촉에 그녀가 러그라고 착각했던 그녀의 고양이, 재스퍼가 놀라 달아났다. 재스퍼가 품고 있던 리모콘을 찾자마자 그녀는 티브이를 틀었다.

"상대의 매력은 나의 환상이죠."

안경을 낀 인문학 강사가 하는 사랑 타령은 어쩐지 신뢰가 가지 않았다. 소현은 궁금했다. '저 사람은 사랑을 해봤을까? 사랑이 무엇인지 알까? 그렇다면, 저 사람과 내가 생각하는 사랑은 조금 다른 종류가 아닐까?'

그녀는 사랑을 분석적으로 접근하려는 강사의 태도가 무척 이질적으로 느껴졌다. 그녀에게 사랑은 이론으로 정형화될 수 없는 무형의 어떤 것이었다. 때문에 그녀는 강사의 강의가, 마치 계란 흰자와 노른자를 핀셋으로 분리하고자 하는 어리석은 시도 같았다. 핀셋으로 계란 노른자를 들어

올린다면 분명 연약한 노른자는 톡 하고 터져 흰자와 뒤섞여버린다. 결국 둘을 분리하려는 원래 의도와 다르게, 핀셋으로 노른자를 집어 들려던 순간 본질적으로 경계 지워져 있던 노른자와 흰자의 영역은 뒤죽박죽으로 혼란이 되어 원래 있던 모양에서 걷잡을 수 없이 비참해진다. 이처럼 사랑이라는 노른자는 분명 분석이라는 핀셋과 같이 날카롭고 직설적인 상황에서 견뎌낼 수 없이 뒤죽박죽 번져, 무수한 오해와 상념을 뱉어내버릴 것이다. 그리고 그것은 결국엔 사랑을 전부 망쳐버리는 일이 될 것이라고, 그녀는 생각했다.

소현에게 사랑이란 이렇게 노른자처럼 연약하고, 누구도 정확히 집어낼 수 없는 고귀한 존재였다. 그녀는 모순적으로만 느껴지는 강사의 말을 금방이라도 소크라테스의 명언집처럼 만들 기세로 수첩에 받아 적는 청중들이 낯설게만 느껴졌다. 그녀는 청중들에게 그의 말에 진심으로 동의하는지에 대해 묻고 싶었다.

소현은 마침내 그의 말보다 그의 외모가 눈에 들어왔다. 높지 않은 콧대, 검정 뿔테 안경, 이마를 가리는 머리, 폴스미스 사의 코트는 나쁘지 않았다. 키는 180 중반에 스키니했고 그 바람에 머리가 더욱 커 보이기도 했다. 앵글이

각도를 틀며 지나간 짧은 순간에 스친 그의 톰 브라운의 신발과 아가일 무늬의 양말, 어쩐지 강사에 대한 그녀의 생각이 달라지기 시작했다. 그의 안목과 그것을 보증하는 물건들은 그의 존재 자체를 더욱 세련된 사람으로 설명해주고 있었다. 그러던 중 그녀의 눈에 스친 그의 손이 무척이나 매력적으로 보였다. 희고 고운 살결에, 얇고 길쭉한 손가락, 존재감 있는 마디 관절(그녀는 남성의 손에 페티시가 있었다). 그러고는, 어쩐지 마음에 들지 않았던 그의 2대 8 가르마마저 귀엽게 보였다. 마침내 그녀는 그가 매력적이고 섹시하게 보였다.

"그는 분명 사랑을 해봤을 거야."

소현은 고개를 끄덕이다가 다시 티비를 끄고, 그녀의 안대로 다시 눈을 가린 뒤 잠을 청했다.

자신의 이상형에 근접하게 다가가는 것에는 두 가지의 방법이 존재한다. 처음부터 전체적인 이미지를 찾거나, 이상형에 걸맞은 조각적인 단편을 발견해나가거나. 그리고 이것은 개인의 가치관의 차이일 것이다. 웅장한 런던시티로 완성된 레고를 본다면 누구든지 그 근사함을 느낄 수 있을 것이다(이것은 공통적일 수 있다). 그러나 같은 레고를 사도 건물의 근사함을 그대로 모방하는 있는가 하면, 레고를 다른 방식으로 조합하여 자신만의 새로운 이미지를 만들어내는 사람이 있다.

전자라면 사랑을 시작함에 있어서도 가장 먼저 자신의 이상형과 가까운 인물을 찾아낼 것이다. 그런 다음 자신의 이상형에 대해 다시 가치를 정의한다. 일반적으로 아름답다고 생각되는 인물은 대개 표면적이며, 일차원적이고 그러므로 대개 공통적이다. 우리는 누구나 부부 동반 동창회에서 모두를 기죽이는 누군가의 아내를 발견할 수 있다. 그녀는 나이답지 않게 예쁘고 젊어 보이며 애교도 많고 심지어 능력도 좋다. 피상적으로 발견할 수 있는 가치들에 대해 모두가 동의하므로, 그것에 대해 부끄럽다거나, 질투한다거나, 부러워한다는 감정에 대해서도 공통적이다. 우리에겐 일차적으로 사회적인 눈이 존재하는 것이다.

때문에 사람들은 이 근사한 이상형이 자신에게만 특별해질 수 있는 새로운 가치를 만들어낸다. 그리고 이것에는 반드시 접속사가 포함된다. "그녀는 아름다운 외모**와 달리**, 어수룩한 성격과 약간 뒤틀어진 쇄골이 매력적이야." "그는 아름다운 외모**와 더불어**, 매주 봉사를 하는 착한 심성마저 가졌어." "그녀는 하이힐로 담뱃불을 지지는 모습**까지도** 정말 우아해." 이미 완벽하다고 생각되는 이상형을 만났으니, 이와 상대적으로 뒤떨어지거나 반전적인 부분마저 아름답다고 느끼는 것이다. 이것은 연역적 이상형이라고 부를 수 있다.

반대로 후자는, 예상하다시피 귀납적 이상형이라고 볼 수 있다. 이 경우 사회적으로 공통적으로 여겨지는 가치보다 자신이 우선으로 했던 가치들을 상대로부터 찾으려 노력한다. 어그부츠가 잘 어울리는 조그만 발, 음식을 먹을 때 쩝쩝거리는 소리를 내지 않는 것, 노래방에서 마이크를 쥔 손의 습관, 우디 앨런을 좋아하는 영화적 성향, 팟타이와 써니사이드업 프라이을 좋아하는 음식 취향 등등. 상대가 자신이 가진, 혹은 자신이 욕망하는 성향에 대해 공통적일 경우, 그리고 이러한 발견의 경험이 연속적이고 지속적일 경우 그것이 상대에 대한 점진적인 확신으로 확장되어간다. "아직은 지켜봐야겠지만 그와 나는 MCR의 록 음악을 좋아해. 정말 좋은 인연이지." "그와 함께 디즈니의 영화를 보았어. 저녁엔 순대국밥에 소주를 먹었지. 우린 정말 환상의 짝꿍이야." 그리고 마침내 사랑에 빠지며 외친다. "그는 바로 내가 **찾아 헤매던** 이상형이야!"

귀납적 이상형은 그야말로 취향과 경험의 확률 장난이

다. 이 무수한 경우의 수에서 완벽히 일치하는 이상형을 찾기란 비눗방울을 손으로 잡으려는 것처럼 허상을 쫓는 일이 될 것이다. 그나마 다행인 것은, 그들은 상대방이 이상형으로부터 탈락하는 조건을 찾기도 전에 몇 가지의 경우의 수로 인해 이미 사랑에 눈이 멀어버린다는 것이다.

누군가에게 안개꽃은 장미를 돋보이게 하는 못생긴 조연이며, 누군가에게는 수줍음을 간직한 아름다운 꽃의 이름이다. 재밌는 것은 이들 모두 장미꽃과 안개꽃이 뒤섞인 꽃다발과의 만남을 운명적이라고 받아들인다는 점이다.

소현의 주말에는 늘 3년을 좀 넘게 만난 그녀의 남자친구 채드가 곁에 있었다. 그의 국적은 분명 한국이었고 부모님 모두 한국인이었지만, 그의 오랜 유학 생활이 만든 그의 분위기가 한국에서 살아온 그의 주변 인물로 하여금 꽤나 이방인스러운 느낌을 전해주었기 때문에, 그를 지칭하는 단어는 주로 재덕이라는 한국 이름보다 채드라는 미국식 이름이 되었다(소현은 가끔 그를 놀릴 때 재덕이라는 이름을 불렀다).

채드는 공대에서 학사학위를 받고 스위스에서 외식경영으로 석사학위를 받은 뒤, 한국에 돌아와 요식업 분야의 경영 컨설팅회사를 운영하고 있었다. 다섯 개 정도의 음식점

체인 사업을 병행하며, 그는 몸이 열 개라도 모자를 지경으로 일을 하는 워커홀릭이었다. 그래서인지, 1주 혹은 2주에 한 번씩 간헐적으로 만나는 만남의 방식이 그들의 지난 3년간의 연애를 큰 탈 없이 진행할 수 있게 하였다. 그들은 딱히 불타오르지도, 차갑게 식어버리지도 않았다. 은근한 불꽃 속에서 맑게 우러나오는 사골국물처럼 3년간의 연애는 어느새 담백하고도 진한 향기를 풍겼다.

그들의 첫 만남은 눈이 많이 온 날의 다음 날이었다. 습하고 찬 공기가 온 피부를 에워싸면서도 뼛속만은 건조한 느낌의 잔인하리만치 추운 겨울이었다. 채드는 늦은 밤 중국식 퓨전 레스토랑을 운영하고자 하는 클라이언트와의 미팅을 끝내고 집으로 향하던 중이었다. 동시에 소현도 이제 막 입양한 그녀의 검정 고양이 재스퍼의 마지막 예방접종을 끝내고 집으로 가던 중이었다. 채드는 무심코 확인한 조수석 창문을 통해 그녀의 모습을 보았다.

그는 고양이를 품에 안고 코끝이 빨개져 종종걸음으로 뛰어가는 소현의 모습에서 자신이 그리던 이상형의 느낌을 발견했다. 가로수 조명에 우아하게 반짝이는 검정 머리칼, 뽀얀 얼굴에 희미하고 수줍게 띈 홍조, 차가운 인상을 주지 않는 따뜻한 버건디색의 오버사이즈 코트, 플랫슈즈를 신었지만 돋보이는 그녀의 얇은 발목. 그녀의 눈코입은 완벽히 조화된 정형화된 얼굴이라기보다 귀해 보이고도 앳된, 말로 표현하기 어려운 신비로운 아름다움이 있었다.

그녀에게서 눈을 뗄 수 없는 자신을 자각하며 그는 본능적으로 그녀가 자신의 이상형임을 느끼고 있었다. 그는 당장이라도 그녀에게 다가가 키스하고 싶은 심정이었다. 마침내 그가 한참을 넋을 잃고 바라보던 피사체가 그의 바로 앞 횡단보도로 뛰어 들어왔다. 그러고는 급작스럽게 차체가 앞으로 쏠리는 느낌을 통해 자신이 급정거를 했음을 깨달았다(그는 짧은 순간 본능적으로 브레이크를 밟을 수 있었던 자신의 오랜 운전 경험에 감사했다). 채드가 급정거했던 바로 앞 횡단보도의 보행자 신호 불빛은 초록색이었고, 횡단보도를 건너려던 소현은 멈추지 않던 차에 놀라 주저앉아버렸다. 채드는 놀라서 뛰쳐나갔다.

"괜찮으세요? 죄송합니다. 혹시 치이셨나요? 미처 확인하지 못했네요. 아아, 제가 정신이 나갔니 봅니다. 줄곧 보고는 있었는데, 정말 미안해요. 그 털북숭이는 강아지인가요? 아, 고양이군요. 아아, 아무래도 상관없지, 아무튼 미안하군요."

그는 당황스러운 순간에 침착함을 유지하려고 노력했지만 그 노력이 그를 더욱 횡설수설하게 만들었다. 그는 그녀가 큰 이상이 없음을 확인한 뒤 안도했다. 그는 그의 이상형을 평생 불구로 만들 뻔했다는 아찔함에 스스로 놀라 있었다. 소현은 그의 질문 공세가 끝난 뒤에 잠시 몸과 함께 주저앉아버린 마음을 추스르며 말했다.

"괜찮아요. 하지만 다리가 말을 듣지 않네요."

그녀는 어리둥절한 재스퍼를 꼭 끌어안으며 말했다.

하늘에서는 갑작스럽고 서서하게 촉촉한 흰색 눈이 내리고 있었다. 새까만 재스퍼의 털에 하얀색 눈송이가 살포시 내려앉는 순간, 정적이 찾아들었다. 채드의 차가 뿜어내는 강렬한 두 개의 헤드라이트 빛은 순식간에 그녀와 그의 상황을 조명하고 있었고, 그의 차는 급하게 뛰쳐나간 자신의 주인을 인식하지 못한 채 지속적이고 규칙적인 경보음을 내뿜고 있었다. 모두 소현이 건너려던 짧은 횡단보도의 신호등이 채 바뀌기도 전에 일어난 상황이었다.

"괜찮으시다면, 제가 집까지 모셔드릴게요. 거듭 말하지만, 너무나 죄송합니다."

헤드라이트의 빛이 너무나 강렬해서, 바닥에서 채 일어나지 못한 그녀가 채드를 올려다보았을 땐 그의 얼굴을 확인하기가 어려웠다. 그녀는 눈부심에 자연스럽게 눈을 찡그렸다. 채드는 놀란 그녀에게 휴식을 주고 싶었지만 동시에 아주 깊은 무의식에서 그녀를 절대로 놓치지 말라는 목소리가 들려왔다. 그는 그녀에게 자신의 차에 타달라는 무언의 텔레파시를 보내고 있었다. 소현은 방금 전까지 자신에게 죽어라 달려들던 미치광이 차를 보았다. 빨간색의 페라리는 무척이나 저돌적이고 무섭게 보였지만, 동시에 차 내부를 비추는 주황색의 불빛과 황갈색의 시트가 너무나 따뜻해 보였다. 그녀는 놀란 마음이 조금씩 진정되며 차가운 아스팔트를 짚고 있던 자신의 맨손이 빨갛도록 차가워지는 것을 느꼈다. 채드는 소현을 조심스럽게 부축해 그의 차 조수석에 태운 뒤 안전벨트까지 매어주었다. 소현은 감사의 인사도 하지 않았다.

그녀는 처음 보는 사람에겐 크게 말을 많이 섞지 않았고, 상대가 자신을 '차가운 여자'로 제멋대로 인식하도록 내버려두었다. 본능적인 결계로서의 낯가림으로 그녀의 입에는 재갈이 물려 있었다. 그녀는 조용히 고양이를 쓰다듬고 있었다. 차에 치일 뻔했다는 두려움과 그렇지 않았다는 다행, 보호가 필요한 고양이, 볼이 얼어버릴 만큼 추운 날씨, 신경을 거스르도록 알알이 박혀 눈이 부신 LED 헤드라이트,

왠지 아무렇지 않게 계속 건너야 할 것 같은 횡단보도의 신호, 동네 주민들로부터 주목받은 것만 같은 부담스러움, 살짝 까슬한 손바닥, 등등의 이 모든 혼란스러운 상황에서 채 돌아오지 못한 그녀는 자신의 입이 10톤짜리 자물쇠라도 달린 듯 무겁게 느껴졌다. 안전벨트를 모두 채운 채드가 두근거리면서도 두려웠던, 만감이 교차하는 자신의 마음(그렇지만 소현의 경우보단 훨씬 단순했다)을 진정시킨 후 숨을 고른 뒤 다시 엑셀을 밟기까지는 5초 정도의 시간이 걸렸다.

"어떻게 말을 해야 할지……. 사실 의도한 것은 이게 아니라. 아니, 의도했다고 하기보다……. 흠, 우선은 출발하겠습니다. 어느 쪽으로 가면 되나요?"

'끄응' 하는 자기혐오의 신음소리를 살짝 내고 채드는 자신의 볼을 한 대 치고 싶은 욕구를 참았다. 그는 자신이 충분히 이성적이고, 어른스럽고 논리적이라고 믿었기에 (그리고 그것을 검증하는 클라이언트와의 미팅을 막 끝내고 왔기에) 조종할 수 없는 자신의 감정과 모습에 낯설어하고 있었다. 소현은 말없이 손바닥과 손목 사이에 생긴 작은 생채기들을 그녀의 니트 소매로 가리고 있었다. 그녀는 그녀 앞에서 금세 얼굴이 빨개지고 횡설수설하는 남자들에 대해 익숙해져 있었다.

그녀는 운전석에 앉은 그를 바라보았다. 깔끔한 수트 차림에 어깨에 가볍게 걸친 머플러, 오른쪽 손목에 맨 시계가 눈에 띄었다. 쌍꺼풀이 없는 크지도 작지도 않은 눈에 하얀 피부, 짧고 숱이 많은 속눈썹, 약간 튀어나온 듯한 입술은 루주를 바른 것처럼 빨갰다. 운전대를 잡은 그의 손목에는 커프링크스가 아르마니의 마크로 반짝거렸고, 손은 하얗다 못해 투명해 푸른색 핏줄이 비쳐 보였으며 손가락 끝이 갓 봉숭아물을 들인 것처럼 빨갛게 번져 있었다. 그의 손을 한참 바라보던 그녀는 문득 그녀의 등 쪽에서 시트 열선의 따뜻한 온기를 느꼈다. 동시에 야옹, 하고 재스퍼가 울었다. 순간 본능적으로 뒤를 돌아본 그녀는 채드의 차 뒷좌석에 베이비시트가 설치되어 있지 않은 것을 보고 왠지 안심했다.

채드에게 소현은, 한눈에 반해버릴 만큼 매력적인 연역적 이상형에 가까웠다. 사실 그는 여성의 매력이 '주로' 외적인 것에서 나타난다고 생각했다. 채드에겐 소현이 벤야민의 책을 읽는다든지, 첼로를 연주한다든지에 관한 그녀의 역사적이고도 개인적인 정보가 크게 중요하지 않았다. 그에게 여인이란 첫 만남부터 이끌림을 줄 수 있는 매력적인 용모가 중요했다. '그녀는 아름답다'라는, 그에게 일반적이고도 규칙적인 법칙과 전제가 정해져 있고 나서야 그녀의 소극적인 부분에 대해 조금씩 알아보고 싶은 흥미가 생겼다. 그는 '아름다움 자체'를 가진 그녀에게 반했으므로 그녀가 가진 모든 것이 아름다웠다(그렇지 않으면 안 되었다).

소현은 그녀의 품에 안긴 작은 고양이를 바라보며 조용히 쓰다듬고 있었다. 채드는 티가 나지 않게 노력하며 은밀하고도 찬찬히 소현을 곁눈질했다. 그녀의 보조개, 조그마한 입술, 오른손 중지에 난 점, 심지어 그녀의 외모에 어울리지 않는 비스듬히 엇나간 앞니마저 사랑스러워보였다. 이미 그에게 소현에 대한 객관적인 평가는 불가능해진 지 오래였다. 판단력은 증발했고 사랑의 달팽이관은 균형적으로 기능하지 못했다. "순수 미적인 중립적 관점뿐만 아니라 사랑하는 사람에게서는 아름답지 않은 것조차 아름답게 발견되는 것." 그는 그녀를 처음 본 순간부터 사랑에 빠졌고, 향후 3개월간은 무조건적으로 그녀의 좋은 면만을 볼 수 있는 아주 특별한 면역력을 가지게 되었다. 소현은 이것을 공깍지라고 불렀다.

2
그녀는 아득한 범선

소현은 자신에게 호의를 베푸는 채드에게 약간의 거부감을 느끼게 되었다. '그는 분명 자기 멋대로 나에 대해 기대하고 있을 거야.' 소현은 생각했다. 그녀는 타인의 환상으로 존재하는 자기 자신에 대해 피해의식을 가지고 있었다.

"어떤 이와 사랑에 빠지는 것은 존재하지 않는 완벽성을 그 사람에게 상상에 의해 투영하는 일이다." 스페인의 사상가 오르테가 이 가세트는 스탕달의 수정론에 대해 이렇게 요약한다. 소현은 자신에게 투영된 수정 같은 완벽성을 재현해낼 자신이 없었다. 사랑에 빠진다는 것은 이렇게 비현실적인 이상화의 담론에 갇혀 있었다.

소현을 집 앞까지 데려다주는 동안, 그는 차갑게 얼어 있는 소현의 마음을 돌려야만 한다고 생각했다.

'무언가라도 해야만 해, 무언가…….'

채드는 로마의 시인 오비디우스가 쓴 〈사랑의 기술〉의 한 구절을 떠올렸다(채드는 그것이 2,000년 지난 연애 기술서임에도 감명 깊게 읽었다). "너는 누구에게 매어 있는 몸이 아니다. 고삐에 묶이지도 않았으니 마음 내키는 대로 한들 누가 허물을 잡겠느냐. 좋아하는 여인을 찾아서 말하라. 「아주 마음에 듭니다. 이런 느낌은 처음이오.」"

시인의 말처럼 누군가가 마음에 들고 욕심이 난다면 그에게 표현을 하는 게 적절할 것이다. 그러나 누구든 이론과 실제를 혼동하는 것처럼, 여인을 잡을 용기는 쉽사리 나타나지 않았다. 그는 차라리 "페트루슈카 전곡을 피아노로 연주하는 것이 더 쉽게 느껴질 지경"이었다.

채드가 창의적인 유혹을 생각해내지 못하는 사이 그들은 작별인사를 하는 지경에 이르렀다. 소현은 일부러 집으로부터 먼 곳에 자신을 내려달라고 했다. 그녀가 돌아서는 순간 채드는 문득 자신이 하고 온 보랏빛 그라데이션의 머플러를 바라보았다. 그러고는 망설임 없이 멀어지던 그녀를 다시 불러 세웠다.

“저기, 잠시만요.”

소현이 뒤돌아보았다.

“추운데 이거 하고 들어가요. 미안함에 대한 성의의 표시예요. 그리고 혹시 아까의 일로 문제가 생긴다면 연락 주세요.”

그는 고양이를 품에 안은 그녀의 손에 그의 명함을 억지로 쥐어주었다. 소현은 당황한 표정이었다. 그녀로부터 부정적인 대답이 나올까봐 두려웠기 때문에, 채드는 그녀의 감사인사를 듣지도 않고 곧장 뛰어가 버렸다.

집으로 돌아온 소현은 명함 한 장과 머플러를 멍하니 바라보았다. 머플러에서는 블루 드 샤넬의 향이 은밀하게 배어 있었다. 그러나 그녀는 자신에게 다가오는 남자들에 대해 편집증적인 두려움을 가지고 있었다. 그녀의 지난 몇 년간의 짧고 굵은 연애들은 그녀에게 좋지 않은 트라우마를 안겨주었다. 그녀의 전 남자친구들은, 자신들의 이상형으로서의 그녀로부터 외모적 흥미가 소실되어갈 때쯤 상대로부터 지속적으로 공급받아야 할 여성적 매력에 갈증을 느꼈다. 그러나 그녀는 세상에서 ‘매력’이라고 불리는 것들을 고의적으로 만들어내면서까지 남자들에게 구애하고 싶지 않았다. 그녀는 남성들에게 때론 강아지처럼 애교를 부릴 수도, 때론 고양이처럼 도도하게 굴 수도 있었다. 그러나 소현은 그러한 인위적인 자극들에 대해서 반감을 가지고 있었다. 그녀는 연기를 필요로 하는 연애보다, 있는 그대로의 자기 자신을 사랑해주는 남자를 바랐다.

그녀가 두 번째로 사귀었던 동갑내기 남자친구 문수는 그녀와 헤어지며 이렇게 말했다.

"소현, 네가 싹싹하고 애교가 많다면 훨씬 좋았을 텐데. 난 이제 너와 함께하는 시간이 지루해졌어."

소현은 그때 원인 모를 약간의 호흡곤란을 느끼며 대답했다.

"그런 건 그저 핑계야. 우리의 헤어짐을 탓하려거든 마음대로 불이 붙었다 식어버린 당신의 마음을 탓해. 당신이 날 좋아했을 때부터 지금까지 난 아무런 변화가 없었어."

"미안하지만 내 감정변화의 원인은 소현 너 때문이야. 당신이 변화가 없었단 사실은 당신이 그만큼 우리를 위해 노력하지 않았다는 뜻이기도 하잖아?"

소현은 자신이 가지지도 않은 속성들에 대해 비판받는 것에 대해 당황스럽고 화가 나기 시작했다.

그 당시, 문수와의 헤어짐을 알고 소현에게 위로를 자청하던 그녀의 친구 가영은 소현의 집에 직접 들렀다. 낙심한 소현이 집 밖에 나오지 않으리라는 것을 알았기 때문이다. 가영은 소현의 식탁에 유명한 제과점의 달콤한 조각케이크 하나를 꺼내어 놓았다. 소현이 헤어짐의 과정과 절차에 대한 짧은 요약을 읊자 가영은 골똘히 생각하더니, 문득 자신의 긴 웨이브 머리에 가려진 귀걸이를 만지작거리며 말했다.

"글쎄. 남자들이 그런 여자를 좋아하긴 하지. 예쁘고 애교 많고 귀여운 여자. 거기다 섹시하기까지 하다면 남자가 보낸 꽃바구니가 매일 한 트럭씩 집 앞에 찾아온대도 별로 이상할 게 없을 거야."

가영은 대학에서 중문학으로 학사학위를 받고 소규모 결혼정보회사에서 커플매니저로 일하고 있었다. 그녀는 대답이 없는 소현 앞에서 잠시 생각하더니, 충고랍시고 다시금 소현에게 말을 건넸다.

"소현 너도, 한 번 성격을 바꿔보는 것이 어때? 정말로 그런 것들 때문에 사랑에 상처받는다고 생각하면 억울하지 않아? 얼굴은 몇 시간에 한 번씩 화장을 고치면서 성격을 꾸미지 않는 것은 모순적인 것이라 생각해. 나도 남자친구 앞에서는 목소리와 말투부터 달라지는걸. 왜 그런지는 잘 모르겠지만 그건 아마도…… 사랑받고 싶기 때문일 거야.

누구도 자신의 성격이 완벽하다고 자부할 수 없어. 조금씩 고쳐나가는 것이고.”

소현은 심난한 표정으로 말했다.

“하지만……. 하지만 정말로 그들은 버지니아 울프와의 대화보다 세일러문과의 키스가 더 좋은 걸까?”

“무슨 말이야?”

“글쎄, 한 시간을 함께 보낼 수 있다는 가정이 있을 때 나는 조지 클루니보다는 소크라테스와 함께이고 싶어. 훨씬 흥미로울 것 같지 않아? 섹시한 남자는 어디에든 있지만, 소크라테스는 어디에도 없잖아.”

가영이 웃음을 터뜨렸다.

“하하하, 그건 정말 말도 안 된다. 너 정말 그럴 자신 있어? 조지 클루니를 선택하지 않을 자신 말이야. 난 정말로 그의 눈빛만 봐도 임신할 것만 같은 느낌인데. 그리고 너 말대로 섹시한 남자는 어디에든 있지만 조지 클루니 역시 단 하나뿐인걸.”

소현은 그녀의 의견이 이해가 되면서도, 자신과 공감하지 못하는 친구를 가졌다는 것에 조금 슬퍼졌다. 하지만 그녀 덕분에 문수와의 헤어짐이 조금씩 납득이 가기 시작했다. 소현은 문수와의 헤어짐이 사탕을 좋아하는 그의 취향을 이해할 수 없었던 것처럼, 서로 간의 아주 단순한 취향의 문제라고 생각했다. 그러나 이내 그녀는 그녀 자신이 사탕 같은 여자가 되지 않는다면 앞으로도 연애를 할 수 없을 것만 같은 슬픈 부담감에 휩싸였다.

사람들은 꽤나 자주, 오랫동안 '기대'라는 감정을 느껴왔다. 크리스마스 선물 포장지를 뜯고 있는 어린아이, 조마조마하게 바라보던 시험 성적, 좋아하는 아이돌 가수의 컴백. 이 중에서도 가장 골치 아픈 것은 여성에 대한 남자들의 환상이다.

독일의 철학자 니체는 철학사에서 진리라는 개념에 대해 여성을 비유로 들었다. 니체에게 둘은 알 수 없으며 다가갈 수 없다는 점에서 공통적이다. 여기서 여성은 남성이 치열한 약육강식의 세계에 있을 때 지친 그에게 안도감을 줄 것만 같은, 평화롭고 평온해 보이는 이미지를 뜻한다. 남성이 직장에서 고군분투하고 있을 때, 여성은 회사 창 밖에 유유히 흘러가는 범선이나 다름없다. 남자가 당장이라도 포스트잇을 내던지며 철제 의자에 꽁꽁 묶인 자신의 다리를 풀고 올라타고 싶은 충동을 느낄 만큼 범선은 매혹적이다. 그러나 남성에게 여성은 너무나 멀리 있는 존재이다. 여기서 매력적인 여성은, 비록 자신의 실체가 환상으로 가득 찬 남성의 기대와 같지 않더라도 남성에게 이 사실을 들키지 않는다. 이 여성은 바로 환상이 부재하는 것을 알고 있으며, 오히려 그것을 통해 남성을 농락하고 유희할 줄 아는 여우 같은 존재이다. 민낯이 아름답지 않더라도 화장으로 미모를 만들어낼 줄 알며, 진중한 알맹이는 비어 있어도 밀고 당기기식 연애에 우수한 특기를 가진 가영처럼 말이다.

쇼펜하우어가 지적하듯, "진리란 자신을 갈망하지 않는 자에게 치근대는 창녀가 아니라, 오히려 자신의 모든 것을 다 바친다 해도 그녀의 호의를 확신할 수 없는 쌀쌀맞은 미인과 같다."

가영은 자신의 남자친구 지욱의 기대만큼 자신이 매력적이지 않다는 사실(더욱이 그 어떤 여성이라도 그렇지 못하다는 것)을 알았다. 그렇기 때문에 그녀는 그녀의 남자친구가 원하는 만큼의 연기를 하는 것은 무척이나 쉽게 느껴졌다. 그릇을 비워내고, 새로운 것을 담아냈다. 가영은 지욱이 원하는 환상에 대해 금방 알아낼 수 있는 눈치를 가졌고, 그가 원하는 여성상을 표현해줄 수 있는 능력을 가졌다. 가영은 자신의 세포 하나하나, 행동과 단어 한마디 한마디를 통해 지욱이 원하는 여성으로 행동할 수 있게 만들 수 있었다.

그럴수록 그녀 자신의 본질적인 모습과는 멀어져 있었으나, 그녀에게 그만큼 편리한 사랑은 없었다. 그녀가 자신이 원하는 것에 대해 심한 요구나 설명을 하지 않아도 지욱은 스스로 가영에게 더 큰 사랑으로 보답했기 때문이다.

지속력이 강한 파운데이션을 찾듯, 여성의 매력의 원천은 지속적이어야 한다는 점에서 유사하다. 그러나 화장이라는 것은 언젠가 지워지기 마련이다. 헤어짐의 위기에 봉착할 때 잠시간 그녀의 본성을 들여다본 남자는 말한다.

"너 고작 이런 애였어?"

본질적인 모습을 보게 된 남성들은 하나같이 여성으로부터 배신감을 느끼게 된다. 그들은 본성을 감추는 기술로 생존 본능을 키워왔기 때문이다. —때문에 이 말은, 민낯의 여자 친구를 보고 "너 원래 이렇게 생겼어?"라고 말하는 것과 다름없다.— 여성의 매력은 화장품의 발전과 함께 진보되어왔다. 그러나 이들을 기회주의자라고 함부로 비난할 수 없을 것이다. 그것의 시작은 모두 남자들이 가지고 있는 여성에 대한 기대와 환상이었기 때문이다.

문수는 소현으로부터 '평화로움'이라는 느낌을 기대했다. 따뜻하게 자신의 기분을 이해해주며 지칠 땐 기분 좋은 애교를 선사하는 여성. 그러나 소현과 문수와의 연애는 아귀가 맞지 않는 호두까기인형처럼 삐그덕거렸고 사랑이라는 알맹이를 뱉어내지 못했다. 소현은 가영처럼 영리하지 못했다. 그녀는 문수의 기대와 달리 남자를 편안하게 해주는 성격이 못 되었고 문수는 그런 여성과 깊은 사랑에 빠질 수 없었다. 문수는 크리스마스 상자의 포장을 풀어헤치고는 이내 실망한 어린아이나 다름없었다.

소현은 가영의 말을 곱씹어보았다. 화장과 매력의 상관관계, 문수와의 실패한 사랑, '꾸민다'는 것에 대한 본질적 의미, 연극배우, 꼭두각시, 가식적인 것, 정체성. '내가 할 수 있을까? 아니 해본 적이 있나?' 그녀는 자신의 과거를 되돌려보았다. 일하던 곳의 상사에게 사근사근하게 대하고자 노력했던 경험, 파티에서 낯선 사람에게 친절한 사람으로 보이고자 내보인 가식적 웃음, 사회 문제에 관심 있는 척 참가한 봉사활동. 그녀는 굳이 이성이 아니더라도 그녀가 속한 사회 자체에 이미 가식적으로 대하고 있는 듯 한 느낌이 들었다. '매일 얼굴에 화장을 하는 것처럼 내 존재에 화장을 하는 것이 습관이 되어버린 걸까.' 그녀는 왠지 우울한 기분이 들었다.

자신과 가영은 다른 분야라며, 무심코 가영을 등한시했던 소현은 어느 순간 망치로 머리를 맞은 듯한 기분이었다. 그녀는 남성의 사랑을 갈구하며 알랑방귀를 뀌는 여자들에 대해 '천박하다'는 이미지를 가지고 있었다. 자신의 본성을 무시하고, 표면적인 것에만 집중하는 사람들. '하지만 내가 그런 여자였다니!' 그녀 역시 사랑을 갈구하는 여자 중 한 명이었던 것이다. 그녀는 역설적이게도 자신의 가식적인 모습이 혐오스러웠기 때문에, 타인에게서 그러한 속성을 발견할 때에 더욱 치를 떨며 반응했다. '어째서 사랑받으려면 화장을 해야 하는 것일까?' 화장을 하지 않아도 예쁜 사람은 많았고, 모든 여성이 실제로 그렇게 평가를 받아야 마땅하지만, 소현은 무장하지 않은 민낯으로 사회에 나갈 자신이 없었다.

고이 접어둔 보랏빛 머플러 위에 재스퍼가 포근한 보금자리를 찾은 것마냥 앉아 있었다. 침대에 앉아 멍하니 그 모습을 바라보던 소현은 어느새 자기 손에 들려 있는 명함을 바라보았다. 깨알 같은 글씨의 그 남자의 이름과 회사 이름, 전화번호. CEO라는 직함이 왠지 오만해 보였다. 그녀는 전화기를 들었다. 재즈풍의 통화 연결음이 3~4초 지속된 후에 채드가 대답했고 소현이 담담하게 말했다.

"목도리, 돌려드릴게요."

'과연 그는 나를 좋아하는 것일까? 나의 가면을 좋아하는 것일까?' 자신에게 첫눈에 반한 것만 하더라도 그가 그녀의 심미적인 것에만 취해 있다는 것을 쉽게 알아낼 수 있었다. 하지만 그녀는 의문이 들었다. '그렇다면 내가 가면을 벗었을 때는 어떻게 대할까?' 그는 약간 실망할 테지만 여전히 그녀를 좋아할 것이다. '하지만 사랑의 시작이 환상으로부터 시작되지 않을 수 없을까?' 그녀는 모든 것을 제쳐두고, 자신에게 다가오는 남자들로부터, 사랑에 빠지는 순간만큼은 기대와 환상이 있어야 한다는 것을 암묵적으로 경험해오고 있었다. 소현은 자신이 연역적 이상형으로만 기능한다는 것에 슬픔을 느꼈다. '내가 예쁘지 않았어도 사람들이 날 좋아해주었을까?' 외면만이 강조되었던 삶을 살았던 그녀는 자신의 내면이 존중받지 못하는 느낌이 들었다.

그녀에게 외면과 내면은 주종관계에 있었다. 사람들은 소현의 친절하고 사려 깊은 모습을 봤을 때, "어쩜 얼굴도 예쁜 것이 마음씨도 착하네."라는 말을 했다. 그러나 그녀의 이기적이고도 무심한 모습을 볼 때면 그녀는 "예쁜 것이 얼굴값 한다니까."라는 말을 주로 들었다. 그녀에 대한 평가와 반응은 외면에서 내면으로 귀결되었다.

시각적이고 감각적인 경험은 즉각적이고 일차적이다. 하지만 사람의 성격을 판단하는 경험적 지식이 축적되기 위해선 일정한 시간이 필요하다. 이렇게 상대방의 내면에 대한 신중한 인식을 하기 전에, 외모의 생김새는 즉각적인 판단이 가능하므로 어떠한 사람에 대해 설명하거나 소개할 때에 사람들은 외모에 대해 먼저 언급하는 것을 좋아하는 경향이 있다. 사람들은 확실한 것을 좋아하기 때문이다. 하지만 이렇게 성급한 설명을 가능하게 해주는 시각적인 정보가 낳은 부작용이 있다. 외모지상주의가 바로 그것이다. 외모지상주의는 '사람들이 외모를 중요시해서'가 아니라, 우리가 접하는 시각적인 정보가 가장 즉각적이고 강렬하기 때문에 생기는 풍조이다. 그리고 슬프게도, 이것은 이 세상이 눈먼 자들의 세상이 되지 않는 이상 계속될 것이다.

3
미필적 고의에 의한 사랑

샐러드 접시에는 파르메산 치즈 가루가 조금 묻어 있었고 잘라진 방울토마토와 루꼴라 몇 조각이 나뒹굴고 있었다. 때마침 턱수염을 말끔하게 정리한 웨이터로부터 소현이 주문한 할라피뇨 파스타가 서빙되고 있었다.

“그때는 정말 떨렸었어요. 혹시라도 당신 말을 좋은 의미로 오해하게 될까봐 계속 경계했었죠. 혼자 들뜨지 않으려고 말이에요.”

채드가 애써 미소를 감추며 얘기했다.

“결국엔 그 오해가 우릴 이렇게 만들었는지도 모르죠.”

소현이 담담하게 미소를 지으며 마지막 남은 루꼴라 조

각 한 장을 씹으며 말했다. 만난 지 8개월이 좀 넘는 그들은 이따금씩 그들의 첫 만남을 추억하며 연애 초기의 감정을 잊지 않으려고 애를 썼다. 사랑이 익숙해져가는 것에 대한 조바심이었다. 대게 익숙해지는 것은 일상적인 것이고, 그만큼 무릇 소중하다기보다 권태로운 감정을 더욱 느끼게 하는 것이었다.

소현이 어떤 충동적인 오기로 채드에게 전화를 건 것은 단순한 필요에 의한 것이었다. 그녀는 그맘때 외로웠다. 비염이 있는 그녀가 고양이 재스퍼를 입양하게 된 것도 순전히 그 이유 때문이었다. 그녀는 결코 계속되는 외로움에 익숙해질 수 없었고, 외로움의 극복을 위해 근본적인 노력하지 않았으면서도 늘 외롭다는 것을 고통스러워했다. 정신과 의사가 권장하는 사회적인 활동이나 취미를 가지지 않았으며 몇 안 되는 그녀의 친구들과 만나서 대화할 때도 감정의 치유보다는 감정의 전이(그녀의 폭삭 묵은 외로움이 그녀의 친구들을 고독하게 감염시키기도 했다)만이 유일한 소통이었다는 것을 깨달은 그녀는 이제 친구들과의 자리마저 피해버리기 시작했다. 그녀는 이미 자신이 철저히 외로움에 의존하고 있거나, 혹은 뜻 모를 비슷한 감정에 헤어 나올 수 없이 취해 있다고 생각하기도 했다.

그런 소현에게 채드의 등장이 나쁘지만은 않았다. 그녀는 그녀를 충분히 감추며 대화할 만한 상대를 찾았다고 생각했다. 소현은 자신이 약간은 신경질적이고 예민하며 우울한 편이라는 것을 알지 못하는 상대로부터 그동안 알지 못했던 새로운 자신을 발견하려는 시도를 하고 싶었다. 그녀는 그녀 스스로를 정의하지 못했기 때문에, 줄곧 남들로부터 자신을 찾곤 했었다: 앞서 말했듯이, 그녀는 의존적이었다.

그녀는 자신이 사랑받을 만한 사람인지에 대해서 알고 싶었다. 때문에 그녀는 상대로부터 호감을 사는 연습을 계속해나갔다. 자신을 좋아해주는 남자와 밥을 먹고 차를 마셨다. 자신에 대해 긴가민가한 반응을 보이던 남자로부터 확실한 호감의 메시지가 전해지면, 그녀는 언제나 그렇듯 남자로부터 흥미를 잃었다. 자신이 사랑받을 수 있는 사람인지에 대해 적어도 하나의 대상으로부터 긍정적인 결과물 얻었으므로, 오염된 실험 대상을 폐기하고 새로운 대상을 찾아 나서곤 했다.

채드의 경우도 이와 마찬가지로, 소현의 자아확인 연구소의 표본이 되어 있었다. 그녀는 그러한 방식으로 줄곧 남자를 만나왔고 같은 방식으로 채드를 만났지만, 그 과정에서 남자가 입을 상처를 모르는 것이 아니었다. 자신을 향하는 채드의 마음이 컸음을 알았던 그녀는, 자신의 사랑 방식으로부터 채드가 상처를 입을 수도 있음을 '알았음에도 불구하고'라는 미필적 고의를 통해 만남을 지속했다. 그녀는 외로움이 사라져갈 즈음에 언제든지 채드를 내칠 수 있었고, 그가 원하는 정서적 반응—질투, 호기심, 스킨십 등—에 대해 침묵할 수 있었다. 이런 면에서 그녀는 이기적이었다. 하지만 적어도 연애라는 울타리 내에서는, 누군가의 과실을 판단해줄 만한 솔로몬이나 옥황상제가 존재하지 않았다.

언제부턴가 채드는 불안감을 느끼기 시작했다. 소현과의 만남은 그의 생각보다 무미건조했고, 순전히 단기적인 줄로만 알았던 그녀의 낯가림이 지속될수록 그는 그녀의 마음을 의심하기 시작했다. 그는 그녀가 자신을 표면적으로 대한다는 느낌이 들었다.

"당신 내가 좋아서 만나는 것 맞죠?"

"나랑 만나보니까 어때요?"

채드는 사랑이라는 만남을 지속하면서도 상대의 마음을 계속 확인하고 싶었다. 그는 이러한 질문을 계속해야 했던 자신이 초라하게만 보였고, 어쩌면 자신이 짝사랑을 하고 있을지도 모른다는 생각에 불행하다는 기분마저 들었다. 그는 업무에 방해가 될 만큼 소현의 연락을 기다렸고 때로는 이런저런 상상에 일이 손에 잡히지 않았다. 채드는 둘이서 하는 사랑게임에서 홀로 소외된 것만 같은 아이러니한 기분이었다. 그는 그렇게 쌍방향의 사랑을 하면서도 일방향스러운 고독한 감정을 느꼈다.

사랑이 쉬운 것이었으면 얼마나 좋았을까. 채드는 네이트를 마치고 집으로 가는 차 안에서 생각했다. 운명처럼 서로의 마음과 마음이, 간극이 좁혀질 수만 있다면. 상대의 사랑에 대한 의심 없이 서로간의 양적이고도 질적인 사랑이 거짓말처럼 '똑'같을 수 있다면. 서로 다른 사랑 방식에 지치지 않고 상처받지 않을 수 있다면. 그는 문득 인터넷에 떠도는 릴케의 편지글로 지어진 시를 기억해냈다(그는 여전히 그것이 릴케 스스로가 지은 시라고 굳게 믿고 있었다).

사랑에 빠질수록 혼자가 되라
사랑이 다른 일보다 더 어려운 것은
그것이 커지기 시작하면
자신조차 감당하지 못하기 때문이다

자신을 송두리째 던져주고 싶은 충동

사랑에 빠진 사람은
혼자 지내는 데 익숙해야 하네
사랑이라고 불리는 그것
두 사람의 것이라고 보이는 그것은 사실
홀로 따로따로 있어야만 비로소 충분히 전개되어
마침내는 완성될 수 있는 것이기에

사랑이 오직
자기 감정 속에 들어 있는 사람은
사랑이 자기를 연마하는 일과가 되네

서로에게 부담스런 짐이 되지 않으며
그 공간과 거리에서
끊임없이 자유로울 수 있는 것

사랑에 빠질수록 혼자가 되라
두 사람이 겪으려 하지 말고
오로지 혼자가 되라

그는 마음을 차분히 하기로 마음을 먹었다. '그래, 몇 십

년을 넘게 따로 살아온 사람들이 어떻게 같을 수가 있겠어, 그녀는 분명 나와 다른 사람인걸. 인간은 모두 별개인 거야.' 채드는 체념 비슷한 감정을 느꼈지만 동시에 억울한 마음도 들었다.

'감정을 필요로 하는 사랑이라는 분야가 왜 이성적인 노력을 동반해야 하는 것일까. 왜 나는 사랑을 하면서도 고의적으로 외로워져야 하는 걸까.'

사랑이 외롭게만 느껴지는 것은 소현에게도 같았다. 그녀는 비록 넘치도록 과분한 사랑을 채드로부터 받고 있었지만, 이따금씩 자신이 '베란다의 화초' 같다는 생각을 했다. 그녀는 자신의 추악한 면에 대해 내비치지 않고 최대한 감추어야 사랑받을 수 있다는 방어적인 자세를 가지고 있었다. 예쁜 꽃을 피워내고 싱싱한 푸르름을 유지하는 것만이 그녀가 할 수 있는 전부라고 믿었다. 때문에 그녀는 늘 화장을 했고 예쁘지 않은 면으로부터 자신을 숨겼다. 지속적인 사랑을 '받으며' 외로움에서 벗어나고 싶었기 때문에 이미 그녀의 사랑은 수동적인 것이었다. 채드가 지속적이고 규칙적으로 자신에게 물을 주지 않으면 그녀는 금방 시들고 이파리가 썩어 들어가, 그녀 자신이 군내 나는 김치보다도 별 볼일 없어질 것이라고 생각했다. 그러나 그녀는 흥미라는 것이 새로움에서 나오는 것임을 잘 알고 있었다. 채드에게 소현은 새로 마련한 화분이었고, 새롭게 가꾸고 사랑을 주는 흥미가 다 떨어져 나가기 전에, 그 흥미를 지속시킬 만한 장치들을 계속 개발했다. 그녀는 매번 자신에게 어울리는 화장품과 옷을 구입했으며 이따금씩 머리를 새로 하기도 했다. 새로운 치장은 늘 새로운 흥미를 유발했다.

여느 날과 다름없이 그들의 주말 데이트가 있던 날, 채드는 난데없이 빨간 장미 한 다발을 사고 싶은 충동을 느꼈다. '당장 내 마음을 표현해줄 수 있는 것은 이것밖에 없어.' 그는 장미를 등 뒤에 숨겨놓았다. 모퉁이에 숨어 있던 그는 불쑥 그녀에게 꽃다발을 건넸다. 어리둥절한 눈빛이었던 소현이 채드의 얼굴과 꽃다발을 번갈아 보며 서서히 미소 지었다.

"난 당신과 만나면서 철저히 둘이고만 싶어요. 절대로 혼자이고 싶지 않아요. 내가 당신을 얼마나 사랑하는지, 알고 있어요?"

그는 사랑의 감정이 벅차올라 금방이라도 울 것만 같은 느낌이 들었다. 채드는 아주 여러 번 소현을 통해 자신의 마음을 묻고 있었다. 그는 99.9% 골드바처럼 순도 높은 자신의 사랑의 감정이 오해와 오차 없이, 무사히 전달되기를 바랐다. 그러나 소현은 채드가 묻는 그의 진심에 대해 쉽게 말을 할 수가 없었다. 장미를 보며 붉게 미소 짓던 그녀의 얼굴이 다시금 근심으로 채워졌다.

'그 마음을 내가 정말 알 수 있을까?' '나와 같은 마음이라고 단언할 수 있을까?' '내 마음대로 당신을 안다고 말해도 될까?' '어쩌면 그것은 오만 아닐까?'

어쩌면 습관과도 같은 그의 질문에 그녀는 모질도록 망설이고 주의하고 있었다. 그녀는 초등학생 시절 알은체를 하다가 창피를 당한 경험이 생각났다. 아는 수학 문제가 나왔다며 번쩍 손을 들고 대답했지만 그것은 틀린 답이었고, 주변의 친구들로부터 놀림과 조롱을 당하기도 했다. 그때의 모멸감을 그녀는 잊을 수가 없었다. 그때부터 그녀에게 무언가를 안다고 말하는 것은 쉽지 않은 선택이 되었다. 그녀로선 채드의 마음을 모두 이해할 수 있다고 단언할 수가 없었다.

도덕 철학자였던 아담 스미스에게 공감은 철저히 관망하는 자의 상상으로만 이루어진다. 그렇게 보자면, 우리는 사랑이라는 가장 가까운 관계망 안에서조차 실질적인 감정의 동화를 이루어낼 수 없다.

'소유하지 않는 사랑'의 전문가 릴케는 이렇게 말한다.

"사랑은 오랫동안 인생 속으로 깊이 몰입하는 고독입니다. 다시 말해 사랑이란 자신을 사랑하는 사람을 위한 강도 높고도 심오한 고독입니다. (…) 사랑은 개인이 성숙하기 위한, 자기 안에서 무엇이 되기 위한, 하나의 세계가 되기 위한, 즉 상대방을 위해 자체로서 하나의 세계가 되기 위한 동기입니다."

그에 의하면 사람이 온전히 다른 사람의 마음을 이해한다는 것은 불가능에 가깝고, 그 채울 수 없는 간극은 적절한 거리 유지를 통해 긍정된다. 더욱더 가까워져야 할 그들의 관계는 역설적으로 서로를 더욱 멀리함으로써 가능해지는 것이었다.

채드의 오랜 걱정과 조급함과는 달리, 소현은 함께하는 시간이 길어질수록 채드와 슬며시 사랑에 빠져드는 자신을 발견했다. 그녀는 그의 깜짝 선물에 미소 짓고, 어느새 다정히 손을 잡고 입을 맞추고 있었다. 문득 그녀는 채드의 팔에 난 힘줄이 무척이나 섹시하다고 느껴졌고, 엄지발가락에 난 작은 털이 너무나 사랑스럽게 보였다. 그녀는 귀납적으로 그에게 연결되고 있었다. 그녀를 기쁘게 하는 여러 가지 공감대가 있었기 때문이다. 소현은 채드와 전기가 통하듯 짜릿함을 느끼는 자신이 신기하고도 놀라워서, 그리고 너무 행복했기 때문에 잊고 싶지 않아서, 그런 순간이 올 때마다 그녀의 소중한 빨간색 다이어리에 빠짐없이 기록했다. 사랑은 크레센도처럼 점점 커져갔다.

- 그는 나처럼 송곳니가 부러진 경험이 있다고 한다.
- 그는 나와 같이 젓갈류를 좋아하지 않는다.
- 그는 늘 아메리카노에 내가 좋아하는 헤이즐넛 시럽을 추가해서 마신다.
- 그와 나는 일전에 같은 미술관에서 마주친 적이 있다.
- 우리는 오늘 같은 말을 동시에 5번이나 했다.

…

- 그와 나는 천생연분이다.

관계에 대한 그녀의 유아기적인 감상은 그와의 결속력을 높이는 데에 일조했다. 그리고 채드와 자신이 떼려야 뗄 수 없는 운명이라 확신했다. '어디에 가도 이만한 남자는 없어!' 그녀는 단언했다. 채드는 귀납적으로 그녀의 이상형이 되었다.

이제 그녀는 자신이 가졌던 미필적 고의에 대해 죄책감을 느끼지 않아도 될 만큼 그를 열렬히 사랑하고 있는 자신을 발견했다. 그녀는 채드를 위해 자질구레하면서도 사소한 물건들을 구입하기 시작했다. 립밤, PK 셔츠, 발포 비타민, 장갑, 속옷, 샤워 브러시, 휴대용 반창고 등등. 사랑을 위해 무언가를 한다는 사실이 그녀에게는 무척 흥분되고 기쁜 것이었다. 그녀는 이제 사랑을 받는 것을 원하기보다 사랑을 주는 것을 더욱 경험하고 싶었다.

그들은 이제 '주인과 노예'라는 예속된 틀의 역전을 경험하고 있었다. 헤겔에 의하면 노예는 생산하는 자이고, 주인은 소모하는 자이다. 다시 말하면 노예는 노동을 하고 주인은 그 생산물을 향유한다. 초기의 관계에서 헤게모니를 쥔 것은 소현이였다. 소현은 채드가 주는 사랑을 받았고, 채드는 소현에게 사랑을 무한정 제공했다. 이러한 주인과 노예의 관계에서 노예는 시간이 지날수록 자신이 하는 노동에 대해서는 누구보다 전문가가 된다. 노예는 노동을 통해 소의 뼈를 어떻게 다루는지, 배추를 어떻게 다듬는지에 대한 물적 지식을 터득하게 된다. 채드는 마찬가지로 사랑하는 사람에게 사랑을 어떻게 주는지에 대해서는 빠삭하게 알고 있었다. 그는 소현이 원하는 사랑을 줄 수 있었고, 그만큼 그녀가 사랑을 하는 것에서 수동적이라는 것을 알게 되었다.

바로 이때, 둘의 관계가 역전되는 사태가 일어난다. 노예로부터 시중을 받기만 하던 주인은 역설적으로 노예 없이 아무것도 하지 못하게 되는 것이다. 자기 손으로 빨래를 할 수도, 음식을 다듬을 수도 없다. 필요에 의해 고용된 노예는 필수가 되어버린다. 소현에게도 역시 채드는 이제 없어서는 안 될 존재가 되었다. 그녀는 자신이 '필요'로 했던 그의 사랑이 점점 '필수'가 되어가는 경험을 겪었다. 조삼모사와 같은 방식에도 의심을 품지 않을 만큼 그녀는 그에게 의존적으로 사랑을 갈망했다. 그녀는 이제 자신을 위해 존재한다고 믿었던 채드에 대해, 이제 자신이 그를 위해 존재한다는 이상한 감정을 느끼게 되었다. 외로움으로 시작된 사랑은 멈출 수 없는 그리움으로 번져갔다.

소현은 이제 두려움을 느끼기 시작했다. 그리고 그녀는 채드에게 그의 환상으로 조직된 자신의 이미지를 부숴버려야겠다고 다짐했다. 그리고 그 과정을 통해야 다시는 문수와의 연애 같은 실패를 경험하지 않을 것이라 생각했다. 그녀는 더 이상 '그녀답지 못함'이 연애의 걸림돌이 되는 순간을 경험하고 싶지 않았다. 그 무렵에 채드는 소현과 꽤나 진지한 사이를 갈망했다. 그는 그녀에게 혹시 자신이 프러

포즈를 한다면, 결혼을 약속해줄 수 있냐고 물었다.

"물론 그럴 수 있어요. 하지만 이것만은 알아두셔야 해요. 나는 보기보다 못났고, 완벽하지 않으며, 성격도 더러워요. 화장을 지우면 못생겼고, 내숭을 떨 줄도 모르며, 속에는 이기심이 가득 차 있죠. 나는 당신이 상상하는 것만큼 완벽한 사람이 아니에요. 당신의 꿈에 그리던 이상형이 될 수도, 그런 이상형인 척할 수도 없어요. 그런데도 나에게 프러포즈를 할 수 있나요?"

소현이 허겁지겁 말했다. 그녀는 이 발언이 어떤 부정적인 결과를 불러일으킬지에 대해 겁이 나기 시작했다.

"소현, 자기 자신을 흉보지 말아요. 왜 갑자기 그런 얘기를 하는 거죠?"

"난 당신 머릿속에 있는 또 다른 나의 이미지를 없애고 싶어요. 나는 당신의 환상이 아닌 하나의 인간일 뿐이에요. 있는 그대로 나를 인정하겠다고 약속해주세요."

채드는 웃으며 말했다.

"솔직히 말해줘서 고마워요. 나도 솔직히 말할게요. 난 당신을 본 순간부터 사랑에 빠졌고, 그런 건 아무래도 상관없답니다."

소현은 채드를 통해 일종의 '코페르니쿠스적 전환'의 원리를 깨달았다. 이것은 인식론에서 코페르니쿠스의 지동설만큼 놀라운 전환이었던 칸트의 시도를 일컫는 말로, 인식의 대상은 실재론자들이 말하는 방식대로 실재하는 것이 아니라 인간의 주관이 대상을 만들어낸다는 사상이다. 다시 말하면 채드가 바라보는 소현은 스스로의 존재 방식으로 실재한다기보다, 그가 보는 대로 실재하는 것이다. "우리의 연애 감정은 대상에 의해 조절되는 것이 아니라 대상이 우리의 뜨거운 환상에 의해 만들어진다는 것." 칸트는 이러한 전환으로 순수이성비판 즉, 인간의 이성에 대한 반성을 야기시켰다. 인식의 주관적 조건이 산출해낸 지식. 이미 철저히 주관적인 채드의 이성적 능력을 통해 만들어진 소현에 대한 지식은 객관적으로 타당하지 않다.

괴테의 소설 『친화력』에서도 이와 비슷한 상황을 발견할 수 있다. 오틸리에와 사랑에 빠진 에두아르트는 말한다. "그녀는 이야기를 재미있게 하는 사람이지." 그러자 그의 부인은 말한다. "이야기를 재미있게 하다니요? 그녀는 입도 뻥끗 한 일이 없었는데!" 선험적 관념으로서의 에두아르트와 채드의 콩깍지는 거의 완벽히 일치한다. 오틸리에에 대한 에두아르트의 지식은 믿을 만한 것이 못된다.

여기에서 칸트에게는 오성이라는 선험적 여과지 같은 범주가 중요하게 설명되지만 채드에게는 연인의 모든 불안정한 것들에 대한 신경을 마비시키는 콩깍지라는 가장 강력한 마취제가 있었다. 사랑은 탄생 자체가 착각이었다. 그리고 소현은 이것을 채드에게도 경험하게 해주어야 한다는 것을 뼈저리게 느끼고 있었다. 그녀는 채드가 바라보는 대로 '예쁘고, 여성스럽고, 완벽한' 소현이란 실재하지 않으며, 자신이 보고 싶은 대로 판단하며 객관성을 상실한 그의 이성을 자각할 필요가 있음을 깨닫게 해주고 싶었다. "사랑에 빠진다는 것은 단순히 상상력의 병을 따고, 상식을 병 속에 가두는 것"이었다.

하지만 소현의 바람과 달리, 채드가 그것을 깨닫는 데에는 많은 시간이 걸렸다. 그의 특별한 면역력: 콩깍지는 단순히 소현이 스스로 고백하는 그녀의 단점으로부터가 아닌, 그녀와 다투는 과정에서 변화를 일으키게 되었다. 언제나 경험적 지식(오이다Oida)은 이론적 지식(기노스코Ginosko)보다 뼈저린 법이었다.

4
바비인형과 잔다르크

일요일의 이른 점심에 채드가 소현의 집으로 찾아왔다. 연애를 시작한 지 3년이 막 넘어가는 그들에게 이제 소현의 아파트는 그들의 아지트가 되었다. 그녀는 이제 막 그녀의 수업 과제를 끝낸 참이었다. 채드는 그가 사온 현미 파스타 면과 렌틸콩, 각종 허브들로 소현에게 훌륭한 샐러드파스타를 만들어주었다. 그는 유학생 시절부터 각종 요리에 통달한 준 요리사였다. 소현이 맑게 눈웃음을 지으며 말했다.

"어쩌다 우리가 이렇게 만났을까. 당신이 날 치려던 그 사고는 어쩌면 운명일지도 몰라. 당신은 내게 정말 완벽해."

"완벽하다니, 당신이야말로 완벽하지. 우리는 그야말로 운명적인 만났고 운명적으로 서로에게 적합해. 우리는 마치…… 아귀가 기분 좋게 들어맞는 빌트인 같아. 서로가 서로를 위해 존재하지."

채드가 적절한 비유를 찾기 위해 눈을 이리저리 굴리던 중, 소현의 아파트에 설치된 빌트인 냉장고를 보며 말했다. 소현은 그의 진부한 비유마저 귀엽다고 여겨져 웃음을 터트렸다.

"왜, 내 말이 웃겨? 맞잖아. 이보다 더 좋은 비유가 어디에 있다고."

그가 눈썹을 들썩이며 다시 말했다.

"아니야, 아니야. 완벽해. 너무나 완벽해서 참을 수가 없었어. 미안."

소현은 웃음을 애써 감추며 말했다. '어째서 채드는 서로에게 **완벽**하게 작동한다는 것에 **기계적인** 비유만을 취할까' 그녀는 그것이 무척 일차원적이라고 생각했다. 그러고는 이내 '남자들이란 그래서 좀처럼 낭만적일수가 없지'라고 생각하며, 무라카미 하루키의 소설『상실의 시대』에 나온 구절을 떠올렸다. 그녀는 그 구절을 무척이나 좋아했다.

"네가 너무 좋아, 미도리"

"얼마만큼 좋아?"

"봄날의 곰만큼."

"봄날의 곰?"하고 미도리가 또 얼굴을 들었다.

"봄날의 들판을 네가 혼자 거닐고 있으면 말이지. 저쪽에서 벨벳같이 털이 부드럽고 눈이 똘방똘방한 새끼 곰이 다가오는 거야. 그리고 네게 이러는 거야. '안녕하세요, 아가씨. 나와 함께 뒹굴기 안 하겠어요?' 하고. 그래서 너와 새끼 곰은 부둥켜안고 클로버가 무성한 언덕을 데굴데굴 구르면서 온종일 노는 거야. 그거 참 멋지지?"

"정말 멋져."

"그만큼 네가 좋아."

밤이 되자 그들은 소파에 누워 서로의 발을 만지며 영화를 감상했다. 둘은 촉감이 부드러운 면 속옷 차림이었으며, 이따금씩 마요네즈를 찍은 오징어를 집어 들었고, 서로의 어깨에 기대기도 했다. 밖은 어두웠지만 도시의 야경이 발랄하게 빛나고 있었고 소파 옆에는 창호지로 마감된 전등의 은은한 백열전구 빛이 켜져 있었다. 그녀의 고양이 재스퍼는 소파 옆에 몸을 돌돌 만 채 엎드려 있었다. 둘은 점점 영화에 몰입했다. 영화는 리처드 링클레이터 감독의 〈비포 선라이즈〉였다. 채드와 소현은 마치 자신들이 영화 주인공이 된 것처럼 감정이입을 더해가고 있었다.

나는 내가 강하고 독립적인 여성의 본보기가 되어야 하는 것에…… 남자에 인생을 걸지 않은 것처럼 행동해야 한다는 의무감을 느껴. 누군가를 사랑하고 사랑받는 것이 내겐 아주 큰 의미인데도 말이야…….

여자 주인공 셀린이 이 대사를 읊을 때 소현은 약간의 경이로운 감정마저 들었다. 그녀는 그녀가 언제나 느껴왔지만 말로 형용할 수 없었던 익숙한 기분이 주인공 셀린으로부터 설명된 것만 같은 느낌이 들었다. 그녀는 채드에게 말했다.

"저거, 너무 공감 가지 않아? 왜 당신도 누나가 있으니까 알잖아(채드에겐 3살 연상의 여자 형제가 있었다). 여자가 연애할 때 가지는 어떤…… 부담감이랄까. 왠지 정말 있는 그대로 사랑을 할 수 없을 것만 같아. 내가 남자를 대할 때의 마음은 『오만과 편견』이 막 출판됐을 시절의 여성들과는 한참 다르지."

"어떤 점이 말이야? 지금 당신은 전혀 그런 모습이 아닌

데? 사랑에 열정적이고, 일에도 열심이잖아"

"바로 그 점이 말이야. 사랑을 하면서 나는 그 어느 때보다 사랑으로부터 독립적이어야 하지. 일도 잘하고, 빨래도 잘하고, 아이도 잘 기르고. 사랑도 일도 잘하는 여성이란, 그야말로 자신을 위해서는 1분도 없을 것만 같은 느낌이야."

소현은 왠지 모르게 억울한 감정이 차올랐다.

그녀는 이제 막 여성과 남성이 평등하다고 말하는 사회에 살고 있었다. 그래서인지 다른 여타 남성들과 같은 업무 강도의, 같은 스트레스를 받으며 같은 대우를 받아야만 한다는 의무감에 시달렸다.

직위, 보수, 명예 등에서 남성과 평등하다고 백 번 양보해서 말한다고 해도 여전히 여성은 사랑에서만큼은 불평등적이었다. 그녀는 여성학을 배울수록 감성, 사랑과 같은 '가장 여성적인 것'이라고 불리는 것과 멀어지는 것이 당연해졌다. 그것들이 '가장 여성적인 것'이라고 불리게 된 역사와 상황에 대해 반대하고, 독립적이고 주체적인 여성상을 만드는 것이 현대 여성학이 그녀에게 시사한 바였다.

그럼 여기서 그녀에게 한 가지 딜레마가 생긴다. 평생을 바비인형과 케빈을 뽀뽀시키며, 발레를 동경하던 소녀는 갑작스레 본인이 잔다르크가 되어야 한다는 책임감에 휩싸인다는 것이다. 때문에 그녀는 그동안 자신이 가져왔던 여성상이 '틀렸다'고 느끼게 되었다. 그리고 자신의 일을 갖지 않고 과거의 사회에서 요구되던, 자신을 아름답게 가꾸는 여성상을 계속 추구한다면 왠지 자신이 촌스럽고, 주체적이지 못하며, 수동적인 신파극의 주인공 여성이 되어버리는 것만 같은 기분이 들게 하는 것이다.

엄밀히 말하면 최근에 가장 요구되는 여성상은 예쁘고 주체적인 여성이다. 맞벌이를 하며, 일을 잘해 돈을 잘 벌어와 가정 경제력에 도움이 되어도 살림과 육아와 요리를 똑 부러지게 잘하는 여자. 거기서도 가장 중요한 것은, 그 모든 바쁜 일정을 소화해도 남성에게 섹시하게 보일 만큼 매력적이어야 한다는 것이다. 소현은 그것이 가장 모순적인 여성상이라고 생각했다. 그러나 오늘날에는 슈퍼맘이나 워킹맘이라는 단어가 유행하고 또 많은 여성들이 이 숨 막히는 타이틀의 소유자가 되기를 원하고 있다.

여성은 사랑을 하면서도 끊임없이 사랑받아야 할 처지에 놓여 있어야 했다. 미디어는 여성의 아름다움을 끊임없이 젊음과 연관 지으며 강제적으로 화장품 회사와 성형에 비용을 쏟아붓게 만들어주고 있다. 붉은 입술, 탱탱한 몸매, 주름살 없는 얼굴. 자본은 어느 순간 여성을 아름답게 만들어주면서도 여성이 끊임없이 아름답지 않아야 할 역설적인 계율을 정해주고 있었다. 시장은 끊임없이 새로운 수치심을 발명하고, 대중의 콤플렉스를 후벼 파며 소비를 자극한다.

소현도 마찬가지였다. 그녀가 얼굴에 바르는 케어 제품만 해도 6개, 헤어 케어 제품은 4개, 화장에 필요한 메이크업제품은 셀 수 없이 많았다. 프라이머, 파운데이션, 페이스오일, 아이새도, 립스틱, 틴트, 하이라이터, 셰딩, 등등. 그것들은 거기서도 고체형, 액체형, 가루형 등으로 나뉘었다. 그녀는 언젠가 백화점에서 그녀를 아름답게 만들어줄 화장품을 여러 개 사들인 후 몇 주가 채 가기도 전에 립스틱과 향수를 사들였다. 그녀는 그것들이 어쩌면 터무니없이 많다고 생각하면서도, 자신의 미모를 유지시켜주는 데 끊임없이 부족하다고 생각했다. 연예인이 바르는 제품도, 피부과 의사가 추천해주는 제품도 사봤지만 그녀의 만족은 허공에 있는 듯했다. 그녀뿐만 아니라 그녀의 친구들도 마찬가지였다. 그들은 자주 TV의 광고를 접했고, 잡지를 자주 봤으며 유명하다는 인터넷 뷰티 블로거들을 찾아다녔다.

"소현, 그건 너뿐만이 아니야. 남자도 요즘 얼마나 바쁜데. 그들도 가사 일을 많이 돕는다고. 나도 마찬가지로 50프로 정도는 가사 분담을 해줄게. 육아도 많이 도와줄 거고 말이야. 슬퍼하지 마."

채드는 시간이 부족하다는 소현의 말을 받아들이고는 위로의 말을 건넸다. 그의 말은 진심이었다. 그는 소현을 사랑했고 그녀가 육체적으로 힘들 때 자신이 도와줄 수 있는 기회가 있길 간절하게 바랐다.

그러나 소현은 그의 말이 어쩐지 더욱 심정이 거슬렸다. 그녀는 채드가 하는 말에 마치 '난 원래 그런 일을 하도록 만들어진 사람이 아니지만'이라는 전제가 있는 듯했다. 소현은 그가 전혀 악의 없이 한 말임을 알았음에도 불구하고, 약간의 지독한 기독교적 선민의식이 느껴졌다. 그녀는 당장 '이게 다 누구 때문인데!'라고 외치고 싶은 것을 가까스로 삼켰다.

"알아, 고마워. 당신이 하는 말이 무엇인지 알겠어. 하지만 곧 불편해질 거야. 당신은 **원래** 가정 일을 위해 태어난 사람이 아니니까. 그것은 이제 다시 나의 몫이 될 테고, 나는 정말로 바빠지겠지. 어쩌면 아이를 낳지 않는 것이 나에겐 현명한 선택일 수도 있어."

소현의 말에 채드는 발끈했다.

"아이를 낳지 않는다니! 그것은 당신 혼자 결정할 일이 아니야. 좋은 부모가 되는 것도 나의 꿈 중 일부인걸. 난 아이를 키워가며 느끼는 인생의 참맛과 진리를 깨닫고 싶어. 아니, 우선 난 일차적으로 언제나 나의 주니어를 남기고 싶었어. 말년엔 그들이 우리 인생의 전부가 될걸. 당신도 동의할 거야."

소현은 갑작스레 코웃음이 났다.

"그건 당신이라서 그렇게 말할 수 있는 거야. 남자들은 언제나 속 편한 이야기만을 하지. 하지만 여자들은 달라. 억눌린 장기들로 숨 가빠 하며 아이를 10개월간 배에 품고, 젖소처럼 모유를 먹이고, 똥 기저귀를 갈고. 더 큰다면 그들을 학원에 데려다주고, 보호하고, 교육시키는 것도 모두 내 몫이 되겠지. 당신이 회사에서 창창한 커리어를 쌓을 동안 말이야. 난 계속된 휴직으로 직장에 복귀한다 해도 승진이 어려워지겠지. 만약 그렇다 해도 아이들을 돌보느라 바빠 커리어를 욕심내는 일은 없어질 거야. 언젠가 너무 지쳐 학원에서 아이들을 데리고 와달라 부탁하면 당신은 바깥사람에게 너무나 많은 일을 시킨다고 투정을 하며 같잖은 유세를 떨겠지. 자기만큼 가정에 헌신적인 남편이 없다고 말이야. 남자들은 아무것도 몰라. 정말 아무것도. 그런 삶을 나에게 강요하지 말아줘. 아이를 낳는 것이 둘의 선택이라면 더더욱 말이야."

"난 당신에게 강요한 적 없어. 그것들이 내게 중요하다고 말했을 뿐이지."

"나는 엄마로서의 나의 삶이나 당신의 연인으로서의 나보다 내 자신이 중요해. 이건 나의 삶이고, 내가 결정하는 거야."

"사랑을 하는 순간부터 당신은 당신만의 당신이 아니야. 당신의 가치관이 조금 극단적인 개인주의 같다고 생각되지 않아?"

둘의 갈등은 마인드맵처럼 번져 나갔다. 영화가 끝날 무렵에 그들은 그 갈등이 어디서부터 시작되었는지, 어떻게 풀어내야 할지에 대해 전혀 알 수가 없었다.

5
당신의 오차 범위

그맘때쯤 그들은 그들의 사랑 방식에서조차 충돌을 일으키고 있었다. '빌트인'처럼 아귀가 딱 맞는 것처럼 보였던 그들은 점점 그 완벽한 틀에서 틈새와 오차를 발견해내기 시작했다. 여기서 다시 소피스트와 같은 언쟁이 시작되었다.

연애에서 그들을 건축업계에 비유하고자 한다면, 그녀는 겁쟁이 매입자였다. 소현은 갈라진 콘크리트의 점점 벌어져 가는 틈새를 메꿀 수 없다고 생각했고, 이내 이것을 포기한 뒤, 오차가 제일 적을 것 같은 건축물을 다시 매입하고자 했다. 그녀는 틈새와 구멍이 많은 건축물은 처음부터 설계가 잘못되었으며 부실공사 탓에 쉽게 무너질 것이라 생각했다. 그녀는 앞으로 끊임없이 일어날 채드와의 갈등을 두려워했고, 더 이상 그녀의 안전등급에 위협을 받기 전에 관계를 끝내고 싶었다. 예컨대 그녀는 완벽주의적 성향이 있어서, 무엇이 완벽하지 못했을 경우에(심지어 그녀의 계획조차도) 도중에 쉽게 포기하는 경향이 있었다.

채드는 그의 반대로 차근차근 오차범위를 줄여나가는 성실한 건축가였다. 그는 사랑이라는 관계를 열심히 다듬고, 메꾸고, 이어 붙이는 공사를 계속하다 보면 어느 순간 완벽하진 않더라도 보기 좋은 건축물이 나올 것이라 믿었다. '세상에 완벽한 건축물은 없다'라는 것이 그의 신조였다. 그는 그의 취향이 변해갈 즈음에 인테리어를 다시 가꾸고 새로운 시계를 사다놓는 것을 중요시했다. 무언가가 지루해진다는 것은 당연한 이치였고, 그것을 조금씩 전환하는 것이 관계의 새로운 국면을 맞이하는 좋은 계기가 될 것이라고 믿었기 때문이다.

그러나 그들은 서로를 이해할 수가 없었다. 이것은 관계에 대해 서로가 가진, 추상적이고도 본능적이고도 개념적인 정의이기 때문이다. 사람들은 모두 각자가 가진 본성과 사회화되어진 방식에 따라 무엇에 대한 개념적 정의를 가진다. 그들은 이날도 어김없이 샐러드를 볼에 담을 것인가

평평한 접시에 담을 것인가부터 시작해서, 결국엔 관계의 본성과 의미까지 침투하는 말다툼을 하고 있었다. 접시에 관한 언쟁은 그들의 다툼을 위한 단순한 촉매제에 불과했다. 소현은 채드와의 말다툼의 말미에 주로 이렇게 말하곤 했다.

"당신은 나와 너무 다른 것 같아. 어쩌면 우리는 처음부터 맞지 않는 걸지도 몰라."

채드는 다시 이렇게 받아쳤다.

"세상 사람들은 모두 다르지. 우리가 이왕 만나기로 시작했다면 서로 이해하고 맞추어가는 거야. 당신과 내가 운명과 영혼까지 같을 순 없는 거잖아."

채드의 말에 소현이 팔짱을 끼며 한숨을 쉬었다. 그녀는 거의 혼잣말을 하듯이 내뱉었다.

"사주나 궁합이 괜히 있는 것이 아니었어. 당신과 이렇게 다툴 때마다, 얼마 전 내가 당신과는 맞지 않는다던 점쟁이의 말이 점점 나에게 확신으로 다가오게 돼. 우린 대체 무엇 때문에 이렇게 싸우게 되는 걸까? 적어도 내 친구 커플은 이렇게까지 자주 다투진 않는다고."

"그건 그들의 성격이 우리의 성격과 다른 것뿐이야. 그들은 서로를 이해하면서 맞추어가겠지. 당신처럼 태생적이거나 본성적인 어떤 것을 탓하진 않을 거야."

채드가 그의 왼쪽 눈썹을 긁으며 얘기했다. 그는 약간 피곤해질 지경이었다. 성실하고도 근면한 건축가였던 그도 너무나 예민하고도 까다로운 클라이언트가 주는 지속적인 스트레스 덕분에 머리가 핑핑 돌곤 했었다. 어느 순간엔 자신의 대화가 일곱 살짜리 아이를 어르고 달래는 것 같다고 생각하기도 했다.

"당신 지금 내가 피곤하다고 생각하는 거야?"

소현은 다툼의 와중에도 채드가 그녀의 매력을 반감시키는 일정한 부분–피곤하거나 예민하다는–을 발견했다는 것에 발끈했다. 그리고 그것이 그녀가 하는 말에 집중하지 않고 오로지 빠져나갈 궁리만 하는 남자들의 본질적인 문제점이라고 생각했다. 그녀는 남자들이 여자가 하는 말에 귀 기울이지 않는다고 생각했다.

"아니, 피곤하다는 게 아니라……. 당신은 늘 같은 말만 반복하니까, 점점 지쳐가. 나도 할 만큼 했어."

채드는 그녀의 말이 뫼비우스의 띠처럼 반복되는 도돌이표 같았다. 그녀는 언제나 다툼의 말미에 그의 사랑을 확인받고 싶어 했다. '우리가 맞지 않는 것 같지?' 하면 '아니야, 난 너를 사랑하니까 모든지 다 내가 희생하고 맞춰 나갈 거야.'라는 방식의 대답이 정석이었다. 소현은 계속된 다툼에 서로의 관계가 흐트러질까 두려워했고, 그것을 상쇄하는 남자의 말을 기다렸다. 그녀는 사실 무언가를 확인받고 싶을 때 말을 반대로 하는 것이 습관이었다. 그러한 소현의 대화체를 이해 못하는 채드는, 상황이 반복될수록 피곤함만 더 할 뿐이었다.

소현은 그녀 자신이 가엾다고 생각했다. 하염없이 울었고 이젠 자신의 눈물에 반응하지 않는 채드를 원망했다.

"사람으로서 눈치가 있다면, 좀 알아서 얘기해주면 안 돼? 당신 내가 무슨 말을 듣고 싶은지 알잖아."

그녀는 자포자기한 심정이었다. 그녀는 이제껏 여러 가지 방법을 써왔다. 울며 악을 쓰고 떼를 쓰는 감정적 항소, 자기는 이제 그만하겠다는 냉대 어린 협박, 너는 왜 맨날 같은 식이냐는 구박, 남자들은 모두 똑같다는 괄시 등의 방법은 모두 통하지 않았다. 소현이 그럴수록 채드의 머리는 더욱 뒤죽박죽이 될 뿐이었다.

"모든 남자가 모두 미스터 다아시 같지 않다고. 모든지 다 알아서 하는 남자는 잘 없어. 남자는 이진법이야. 당신이 나에게 십진법을 아무리 대입한대도 난 절대 이해할 수가 없어."

채드는 그녀의 마음을 헤아리는 방법에 대해 잘 알지 못했다. 암막을 쳐두고 알아맞혀보라니, 그는 그녀가 조금 잔인하게까지 느껴졌다.

연인들이 사랑으로부터 겁을 내는 것은 당연하다. 나의 마음이 상대보다 더욱 클까봐, 지나친 연연으로 아파질까봐, 버림받아 상처 입을까봐. 사람들은 사랑하는 사람과의 공감이 형성되지 않을 때, 정상적인 소통이 부재할 때 무의식적으로 사랑에 상처받은 경험을 떠올리곤 한다. 소현의 경우는 그녀가 청소년기에 겪었던 짝사랑의 경험이었다. 그녀는 그때의 낯간지럽고도 끔찍하게 외로웠던 고통을 다신 겪고 싶지 않다고 생각했다. 그리고 이내 발목을 살짝 담근 정도의 사랑의 감정에서 벗어나려고 노력했다. '이 정도면 됐어, 내가 들어가기엔 너무 차갑고 깊은 것 같아. 그만 포기할래.'

이런 겁쟁이 사랑가들이 가장 주의해야 할 점은 바로 지레짐작이다. 그들은 주로 자신의 추측으로 결과를 만들어내고 그에 따른 행동을 창출한다. 그것은 상대와 애기하는 것이 아니라 이미 만들어진 상처와 대화하는 것이나 다름없다. 선부른 추측으로 내린 결과는 사실이 아니라 망상이 될 것이다.

겁쟁이 그녀의 사랑은 아직도 유아기적인 감상에 지나지 않고 있었다. 그녀는 이미 채드가 자신에게 어떻게 말하고, 어떻게 행동하고, 어떻게 결론지어야 하는 지에 관한 명확한 답안지를 가지고 있었다(그래야 그녀 자신이 상처받지 않을 것을 알고 있었다). 그리고 그것이 적용되지 않을 경우, 어린아이처럼 떼를 쓰며 틀렸다고 나무랐다. 후에는 그것이 명백히 잘못된 것임을 알았음에도 그녀 자신을 바꾸기보단 그를 원하는 답을 내뱉도록 바꾸고자 했다. 이것이 마음대로 되지 않을 땐 울어 젖혔다. 그녀는 그녀 자신이 가련하고도 비참하게 느껴졌다. '나는 왜 이런 사람을 만난 거야!' 자신이 대상에 대해 몰이해했다는 것은 그녀의 선택지에 없었다.

유아기 아이들의 가장 큰 행동 특성 중 하나는 타인과 공감하는 능력이 부족하다는 것이다. 어린아이들을 대상으로 하는 디즈니의 영화는 어른이 되어 다시 보면 잔인하기 짝이 없다는 것을 발견할 수 있다. 악역인 등장인물을 착한 주인공이 망치로 때리고, 바늘로 찌르며, 흠씬 두들겨 패는 내용을 성인이 된 시점에서 볼 때면 권선징악에 흥겨워하기보다는 오히려 악역에 측은한 감정까지 들게 마련이다. 아이들은 이를 인지하지 못해서 재밌게 즐길 수 있지만, 성인이 되었을 경우 타인의 감정에 대한 공감 능력이 생겼기 때문에 그저 순수하게 바라볼 수가 없다. 바로 이 공감 능력이 유아기에 제대로 발달하지 못한 사람들은, 자신의 섣부른 공격성을 제어하지 못한다. 상대방이 아플 것이라는 인지를 하지 못하기 때문이다.

더불어 그녀는 자기 확신이나, 자립성이 부족했기 때문에 타인에 대한 의존성이 높았다. 그녀는 자신이 변하는 것보다 남이 변하는 것을 기대하고 있었다. 덕분에 그들의 대화는 최악으로 치달았다. “내가 원하는 대로 해주면 안 돼? 좀 져줄 수는 없는 거야?” 그녀는 자신의 행복을 위해 타인의 자유를 침해하기 시작했다. ‘이런 부탁도 들어주지 않는 그는 날 사랑하지 않는 것이 분명해.’ 그녀는 이제 땡깡을 부리는 미운 일곱 살 아이에 지나지 않았다.

프랑스의 유대계 철학자 임마누엘 레비나스는 이러한 유아기적 특성을 그의 철학적 사상에 대입시켰다. 타자는 절대적으로 자아로부터 외부에 존재하는 외재성이다. 때문에 그에게 타자는 알 수 없으며, 규정할 수 없고 자아로부터 완전히 분리된 절대적인 것이다. 레비나스는 이것을 ‘절대적 타자성’이라고 이름 붙인다. 이것은 자아에 의해 종속될 수도, 파악될 수도 없다. 오히려 주체성은 타자와 접촉할때에만 드러난다. "주체의 주체성은 유책성 혹은 피심문성이며, 그것은 뺨을 때리는 자에게 뺨을 내미는 전면적인 드러냄이라는 형태를 취하게 된다." 나에 앞서 타자가, 타자에 앞서 내가 있기보다 나와 타자는 '동시적으로 생기하는' 것이 된다. 주체는 타자를 만나 타자 안에서 피어난다.

때문에 이 '절대적 타자'를 자아 안에 규정시키고자 한다면 그것은 폭력이 될 것이다. '난 당신을 잘 알아.' 혹은 '당신은 좀 이상해.'라고 확정지어서 말할 수 없는 이유도 그 때문이다. 자아 안에 타자를 환원시키는 순간, 타자의 절대성은 사라지고 또다시 타자의 자리에 끼워 넣은 자의식적인 사상만이 남게 된다. 절대적인 타자가 있다 함은 무규정의 상태여야 한다.

그렇다면 타자를 인식하려는 시도는 무의미한 것일까? 이것에 대한 단초는 레비나스 스스로가 텍스트라는 타자를 만들 때 지향한 전개 방식에서 얻을 수 있다.

"표상 불가능한 것으로서 자기를 제시하고 선고하는 바로 그 순간에 해체되고 마는 신-그러한 신을 만류하는 것도, 거절하는 것도, 우리의, 보다 엄밀하게는 나의 결단에 달려있다. '타자'가 자신의 익명성을 유지하면서 나의 인지를 호소하는 이 방식. (…) '수수께끼'라 부르기로 한다."

타자는 단순히 나와 다른 사람을 뜻하지 않는다. 물론 타자는 '나는 당신이 절대로 이해할 수 없는 사람이다'라고 스스로 명명하지도 않는다. 더군다나 타자성은 '타자와 나는 다르다'라는 형질에 기초하고 있지도 않다. 다르다고 말하는 순간조차도 타자는 주체가 구별할 수 있는 수준에 머물러 있다. 타자는 이 전체성의 수준을 벗어난, 나 자신의 식별을 초월한 사람이다. 말하는 순간에 전언철회, 즉 알 것 같을 순간에 달아나버리는 절대적 저항에서 타자는 발현된다.

"사랑은 아무것도 파악하지 않는다. 사랑은 개념에 도달하지 않는다. 사랑은 아무것에도 도달하지 않는다. 사랑은 주체-대상, 나-당신이라는 구조를 갖지 않는다." 레비나스가 말하는 사랑에서는 갈등을 이성적으로 해결하는 헤겔의 변증법적 정반합은 발동하지 않는다. 그에게 나의 정(正)과 반대되는 타자의 반(反)은 '예견 불능성' 즉, 알 수조차 없는 것으로 남아 있다.

'알 수조차 없는데 어떻게 사랑하나요?'라는 식의 물음이 제기될 수 있다. 그렇다면 '당신의 사랑은 무엇인지 알 수 있을 만큼 명료한가요?'하고 반문할 수도 있을 것 같다. 레비나스에게 사랑하는 대상은 타자성이 주어진 후에 나타나는 것이 아니라 사랑하는 감정 안에서 출현한다. 그는 그러한 에로스적 감정이 애매하다고 스스로 말하고 있기도 하다. 그에게 사랑이란 처절한 무지의 상태, 혹은 그 상태의 지속이다. "그것은 폭력의 지향성이 아니라, 탐구, 즉 볼 수 없는 것을 지향하는 발걸음인 것이다." 사랑은 타자라는 고도를 향해가는 고행길이다.

레비나스가 타자에 대해 말하는 것은 단순히 그것이 알 수 없음이라는 문자 그대로를 전달하는 것이 아닌, 타자에 대한 윤리를 상기시키는 것이다. 그는 주체성에 용해되지 않는 타자를 말한다. 나 자신보다 타자로부터, 타자와의 관계가 중시되는 것. 나의 한계를 경험하게 하는 순수한 타자와의 조우. 이 조우는 주체 중심의 권력에서 타자에 대한 책임으로 윤리의 궤도를 바꾼다. 이렇게 타자는 주체에게 위기와 동시에 생성을 가져다준다.

"사랑은 사랑의 대상이 되는 사람을 그가 있는 그대로 있게 하는 것이다." 하이데거는 이렇게 말한다. 그의 사랑은 레비나스가 말하는 타자에 대한 윤리를 건드리지도, 파괴하지도, 파악하지도 않으며 이루어진다. 모든 갈등은 "당신을 존중합니다."라는 말 한마디면 충분히 해결된다. 그러나 그 갈등이 싸움으로 번지는 이유는 상대의 생각을 포섭하려 하기 때문이다. 미지의 대륙을 마치 자기 것인 양 포획 · 회수 · 흡수 · 통합하고자 했던 제국주의자들처럼. 유아기에서 벗어난 성숙한 사랑을 위해서는 연인이 분명 나에게 환원될 수 없는 절대적인 성격과 신념, 성질, 특성이 있음을 인정하고 받아들여야만 한다. 소현에게는 이러한 전환이 확실히 필요했다. 하지만 그녀는 자신이 만들어낸 아름답고 환상적인 건축물에 오차가 있다는 것을 용납할 수 없었다. "사랑하면서 현명하기는 불가능하다."

쇼펜하우어는 이렇게 말한다. "단순한 사람은 때로는 어떤 면에서 동일한 것의 부분적이거나 상대적인 상이함을 잘못 보고, 때로는 부분적이거나 상대적인 상이한 것의 동일성을 잘못 본다."소현은 자신이 채드로부터 **인정**해야 할 부분이 그가 가진 최대의 **단점**이라고만 생각했다.

6
12월 29일 같은 연애

"제가 너무했던 걸까요? 하지만 저는 참을 수가 없었어요. 그 철없는 말투가 날 더욱…… 화가 나게 만든다는 걸요."

소현은 그녀가 외로운 평일 밤에 홀로 자주 찾는 '르 보쉬에'라는 와인바에 있었다. 그녀는 10평 남짓한 작은 공간에 네 개 정도 마련된 테이블을 비워둔 채, 소믈리에와 가까운 바에 앉아있었다. 그녀는 그의 유니폼에 달려 있는 명찰의 임준모라는 이름을 무시하고, 그를 오직 사장님이라고 불렀다. 그는 30대 중반에 상응하는 미세한 눈가주름과 지렁이처럼 얇은 입술을 가지고 있었다. 그는 종종 그녀의 고민을 들어주곤 했다.

"남자들이 대개 그렇죠. 그것에 대해 화를 내거나 그의 마음을 의심하지 말아요. 그는 그저 자신이 살아온 방식에 충실하고 있을 뿐이에요."

"하지만 전 이제 그의 엄지발가락에 난 작은 털까지 미워 보이기 시작했어요. 예전엔 정말 귀엽다고 생각했지만 지금은 아니에요. 아주 혐오스럽다고까지 생각한다니까요. 말이 통하지 않는 그에게 점점 질려가는 게 분명해요. 그도 여타 다른 남자들과 다를 바 없었어요."

그녀는 이제 채드를 애정 없이 판단하는 수준에 이르렀다.

"하루아침에 당신 마음에 쏙 들게 행동한다면, 그거야말로 바람둥이라는 증거죠. 그가 여전히 당신에게 순수하고 솔직하다는 것을 믿어봐요."

준모는 그녀에게 최대한 제3자로서의 객관적 정보와 전달하면서 그녀의 마음이 슬프지 않도록 위로하고 싶었다. 그러나 그녀의 고민 상담은 주로 대화가 아닌 푸념의 방식이었다. 연애가 계속될수록 와인 한 잔이 한계치였던 그녀의 주량이 두 잔, 세 잔으로 변해가고 있었다.

"내가 재밌는 얘기 하나 해줄까요?"

낙담해 있는 소현에게 준모가 장난스러운 미소를 지으며

말했다.

"내가 대학에 다녔을 때, 그러니까 10여 년도 전 얘기예요. 풋내기 대학생이었던 저는 군대에 가기 전에 술을 무진장 많이 퍼마셨어요. 내 나와바리는 신촌이었으니까 거기서 밤늦게까지 죽치고 있었지요. 근데 술을 마시고 정신을 잃을 때마다, 하얀 소복을 입은 여자가 눈에 보이는 거예요. 하루이틀도 아니고 거의 매일을 말이죠. 아, 듣고 있어요?"

소현이 잠을 잘 기세로 눈을 꿈뻑거리다 다시 정신을 차렸다.

"네, 그래서요?"

"그래서 난 이제 이렇게 내가 술을 마시다가는 정말 죽겠구나, 그런 생각이 들었어요. 나를 죽이는 저승사자는 남자가 아니라 여자인가 보다. 그랬죠. 그래서 술을 당분간 안 마시고 있다가, 어느 날은 친한 친구의 생일이어서 에라 모르겠다, 하고 술을 마셨어요. 물론 취하지는 않을 정도로요. 그런데 글쎄, 집에 가는 도중에 그 하얀 소복을 입은 여자가 또 보이는 거예요."

소현은 경청하기 시작했다.

"처음엔 헛것인가 아닌가 하고 궁금해했는데 그 여자가 그날은 나한테 점점 다가오는 거예요. 무시하고 지나가려고 눈을 질끈 감고 걸어가는데 갑자기 그 여자가 제 이름을 부르는 거 있죠. 깜짝 놀라서 네? 하고 고개를 돌렸는데 그 여자가 딱! 눈 앞에 있는 겁니다."

소현이 흥미롭다는 표정을 하고 있었다.

"근데 그 여자가 대뜸, 나 알죠? 이러더라고요. 난 이제 죽는구나 싶었어요. 식은땀을 흘리고 말을 더듬으면서, 잘 모르겠다고 했죠. 그랬더니 여자가 실패했네, 이러는 거예요. 알고 보니 그 여자는 귀신이 아니라 나를 쫓아다니는 여자였죠. 옷도 하얀 소복이 아니라 그냥 하얀 레이스의 원피스였어요. 그땐 술을 많이 마시고 시력이 좋지 않아서 멀리 있는 것은 흐릿하게만 보였거든요. 그 여자는 같은 옷을 입고 같은 장소에 계속 나타나면 내가 자기를 운명이라고 알 거라 생각했대요."

"풉!"

소현이 웃었다.

"더 웃긴 건 내가 그 여자랑 일 년 정도 연애를 했다는 거죠. 내가 군대에 가 있는 동안 바람을 폈어요. 소위 말하는 고무신 거꾸로 신은 여자예요. 난 정말 꽃신을 신겨주려고 했는데."

"말도 안 돼!"

소현이 믿기지 않는다는 듯 말했다.

"어떻게 그런 스토커 같은 여자랑 사귀었어요?"

"그러게요." 하고 준모가 웃었다. 소현이 계속 어리둥절한 표정을 짓자 준모가 다시 입을 열었다.

"밀란 쿤데라 이야기를 하더라고요. '마술처럼 신비스러운 것은 필연이 아니고 우연이다. 사랑이 잊을 수 없는 것이 되려면 처음 순간부터 우연들이 사랑 위에 내려앉아야 한다.' 자기는 내가 운명적이라고 느낄 수 있는 사랑을 하고 싶었대요. 그것이 비록 조작된 것이어도 말이에요. 스스로 우연의 순간들을 만들려고 한 거죠. 그냥 그런 게 귀여워 보였어요."

소현이 알 수 없는 표정을 지었다.

"하고 싶은 말이 뭐예요?"

"그러니까 소현씨가 운명이라고 느껴도 운명이 아닐 수도 있고, 운명이 아닐 것 같아도 운명일 수 있단 소리예요. 물론 난 그 이후로 운명 같은 것 안 믿지만. 지금 그 남자가 소현씨를 어떻게 힘들게 하고 아프게 하고 그런 것이 필연적으로 그 남자와 소현씨가 인연이 아니라는 신호는 아니에요. 알 수 없는 거죠."

소현은 약간은 어리둥절하면서도 어안이벙벙해졌다.

"흠……."

"그리고 사주니 팔자니 궁합이니 이런 것 그만 보러 다녀요. 당신같이 귀 얇은 사람한텐 쥐약이야. 그런 거는 들어도 그러려니, 못 들어도 그러려니 하는 사람이 찾으러 다니는 거예요."

소현이 와인잔의 목을 더듬으며 부끄럽다는 듯 수줍게 미소를 지었다.

"네, 그럴게요."

소현은 숙취에 정신을 잃고 침대에 널브러져 있었다. 그녀의 머리가 지끈지끈하게 계속 아파왔고 어젯밤 준모와 한 대화도 거의 기억이 나지 않았다. 물을 한 잔 마시겠다고 다짐하며 일어났을 땐 이미 시계가 낮 2시를 가리키고 있었다.

"미쳤네, 미쳤어."

그녀는 냉장고에 포도주스를 보고 구역질이 나려는 것을 참았다. 그때 식탁에 내려놓은 물 잔에서 미세한 진동이 느껴졌다. 옆에 있던 핸드폰이 진동으로 울린 것이다. 그녀는 발신자에 '받지 마'라고 써진 문구를 발견했다. 연락처를 바꾼 것이 언제였더라, 아마도 어제 술에 취해 있을 즈음일 것일 거라고 소현은 생각했다. 다툼 이후로 채드로부터 처음

오는 연락이었다. 그녀가 전화를 받지 않자 3분 후 다시 전화가 왔다. 그녀가 핸드폰을 들었다.

"응, 왜?"

"왜냐니, 걱정했잖아. 어제 뭐 했어?"

"어제? 왜?"

"전화 여러 번 했는데 안 받았잖아."

그녀는 정말로 기억이 나지 않았다.

"미안. 자느라 몰랐어."

소현이 채드에게 '르 보쉬에'에 대해 말한 적이 없었기 때문에 채드는 와인바도, 준모의 정체에 대해서도 전혀 모르고 있었다. 그녀는 그것이 채드에게 알려주지 말아야 할 마지막 프라이버시라고 생각했다.

"음……. 그래, 알겠어. 집이야? 내가 거기로 갈까?"

내키지 않는 부분이 있었지만, 채드는 언제나처럼 친절하게 얘기했다. 하지만 소현은 그 순간 친절이 불편하게 느껴지는 감정을 경험하고 있었다. 엄밀히 말하면 그녀는 채드가 위선적으로 보였다.

"저기, 우리 생각할 시간을 갖자."

그녀는 자신이 이런 말을 했다는 것에 스스로 놀라고 있었다. 그것은 헤어지자는 말보다 더욱 비참한 말이었다. 그녀의 입에서 바로 그것이, 일말의 고민 없이 대뜸 튀어나왔다. 아직 덜 깬 술의 힘인가, 그녀는 생각했다. 그녀에게 이제 후회는 나중일이 되어 있었다.

"무슨 소리야? 저번에 싸운 것 때문에 그래?"

채드가 다급하게 얘기했다. 그는 그 말이 완전한 헤어짐을 암시함을 알고 있었다.

"아니, 그냥 나는……."

소현이 잠시 입술을 깨물고는 다시 입을 열었다.

"난 우리의 연애가…… 마치 12월 29일 같아. 그래, 그건 딱 어제였어. 크리스마스는 벌써 많이 지났는데, 게으른 사람들은 트리를 안 치워서 밍기적하게 나는 다시 그날을 추억할 수 있었지. 모든 게 새롭지 않았어. 바꾸지 않은 캐롤 벨소리, 치우지 않은 산타 모형과 조명. 축제는 끝났는데, 그건 너무 은근한 지속이잖아. 그때 난 25일의 밤부터 기대하고 기대하던 환상 같은 크리스마스가 사실은 별것 아니었음을 깨달았어. 그리고 설레어했던 내가 바보가 된 것만 같았지. 난 결국 환상과 현실을 구분하지 못하는 어린애였던 거야. 크리스마스는 실재하는 게 아니라, 사람들이 꾸며놓은 것이란 걸 잊고 있었던 거지. 그렇게 난 내년의 크리스마스가 전혀 기대되지도 설레지도 않았어. 그러면서도 문득 당장 내일 모레에 다가올 신년에 나이는 한 살 더 먹는다는 게 억울하기도 했고. 29일은 나에게 그런 우울한 감정이었어. 난 우리 연애가 그래."

채드는 말이 없었다.

"난 이제 우리 연애가 기대되지도 설레지도 않아. 이제는 우리를 빛내줄 크리스마스 리스도, 반짝이는 오너먼트도 열기를 잃고 차갑게 식었어. 모두 사라진 거야."

핸드폰으로 마주한 서로에게 적막한 정적이 흘렀다. 이윽고 채드가 말했다.

"당신 말은 지금, 내가 익숙해져서 싫다는 거야? 반짝이지도 않고 크게 빛나지도 않으면 뭐 어때. 촛불처럼 은은하면 되는 거잖아."

"내 말을 잘 이해 못 했나 본데, 난 익숙하다는 말이 아니라 질렸다는 거야. 3년간 지속된 12월 29일이라고. 당신이 이해 못하는 나의 마음, 나의 말……. 반복되는 싸움에 당신도 나도 지쳤을 거야. 지난 우리를 추억해보면 검정 국물로 변한 눈처럼 질척거리는 것 같아. 어쩌면 난 이미 알았는데도 걷어내지 못했던 거야. 더 이상 순간에 대한 연연하면서 고통받고 싶지 않아."

슬픈 기류가 그들을 감돌았다. 긴 침묵을 깬 후에 채드가 말했다.

"알겠어, 당신 마음. 그래도 혹시 내가 필요하다고 느끼면 전화해. 난 우리가 아직은…… 이럴 단계가 아닌 것 같아."

그는 확고한 마음의 소현은 설득시킬 자신이 없었다. 둘은 전화를 끊었다.

채드는 갑작스레 황당한 기분이 들었다. 그녀는 마음속으로 나와의 이별을 준비하고 있었던 것인가? 사소한 다툼이 헤어짐으로 번진 것에 대해 어안이벙벙한 기분이었다. 그녀는 혹시 나를 떠보는 것일까? 다른 남자가 생긴 것일까? 끊임없는 질문이 그의 머릿속을 맴돌았다. 답을 건네줄 판도라의 상자가 봉쇄되어 있을 때 질문과 의심은 꼬리에 꼬리를 무는 법이었다.

그는 그녀가 부르면 당장이라도 달려 나갈 수 있도록 샤워까지 끝마친 상태였다. 한 시간 남짓한 시간을 황당하고도 슬픈 감정의 증폭에 소비한 그는 별안간 카페인이 필요하다는 생각을 했다. 그는 그의 집 앞에 위치한 늘 붐비는 카페에 가기로 결심했다. 그에겐 너무나도 참을 수 없이 외로운 감정이 밀려들어왔기 때문에 외롭지 않은 사람들을 보지 않으면 안 되었다. 그는 살아 숨 쉬고, 말하고, 웃고 떠드는 사회 안에 들어가고 싶었다.

'저들도 모두 이별을 경험했겠지.'

채드는 자신과 같은 아픔을 겪고서도 결국엔 평안해 보이는 사람들이 있다는 것에 위안을 얻고 싶었다. 그것을 반증하듯 카페에는 즐거운 사람들이 가득했다. 달짝지근한 라떼를 마시고, 나른한 오후의 에너지를 친구와의 즐거운 수다에 쏟아 붓는 여유로운 사람들. 그러나 빙판같이 꽁꽁 얼어버린 그의 마음 한구석은 녹을 생각을 안했다. 그는 마음이 차가운 것으로 모자라 시리고 아린 것을 느꼈다. 착잡하고도 억울하고도 슬픈 심정이었던 그는 별안간 소현에게 상소문이라도 적어올리고 싶었다. '내 이 모든 감정의 주범!' 노트북를 꺼내 소현에게 메일을 쓰기로 결심한 채드는 니체가 루 살로메에게 썼던 편지의 일부분을 패러디했다.

나의 사랑하는 프로인딘, 30분 전부터 나는 우울해졌고, 30분 전부터 나는 왜? 라고 자문해보았습니다.

왜 당신은 날 사랑하지 않나요. 어떻게 날 사랑하지 않을 수 있나요. 당신은 왜 나를 버렸나요. 나는 왜 사랑받지 못하는 사람인가요. (……)

그리고 나는 당신의 전화를 통해서 제시된 의견 진술 외의 다

른 어떤 이유도 발견하지 못하고 있습니다. 나의 속마음은

1) 이해할 수 없이 슬프고, 참을 수 없이 고통스럽습니다. 당장이라도 당신의 어깨를 쥐어흔들고 싶을 만큼 분노하였고 안타까운 심정입니다. 당신의 갑작스러운 부재로 나는 고독하고 외로워졌습니다. 그리고

2) 당신이 가까운 미래에 다시 새로운 동반자를 찾길 바란다면 주저하지 말고 나에게 연락을 주십시오. 나는 당신이 원하는 여느 새로운 동반자보다 더욱 새로운 사람이 되어 있을 것입니다.

충동적으로 메일을 보내버린 그는 후회할 새도 없이 집으로 돌아왔다. 매운 토마토 수프를 끓여먹을 심산이었다. 감자를 손질하고 청양고추를 썰어 넣은 뒤 삶아서 얼린 토마토를 국자로 한 움큼 퍼냈다. 그때, 냉동실에서 땅땅하게 얼어버린 토마토를 퍼내느라 무리했는지 국자의 모가지가 힘없이 탁! 하고 부러지고 말았다. 그의 주방에서 오랜 시간을 함께하던 국자가 사망한 것이다. 그는 부러진 국자 덕분에 수프를 그릇에 담을 수도 없이 냄비째 들고 먹어야 할 상황에 국면했다. 불편함에 투덜거리던 그는 문득 자신이 이런 비슷한 상황을 방금 전에 겪었다는 것을 깨달았다. '왜 꼭 헤어지는 상황이 발생하고 나서야 소중함을 알게 되는

걸까?' 그는 의지를 상실하고 나뒹구는 국자와 함께 덩그러니 부엌에 놓여 있는 자신이 초라해 보였다.

하이데거 식으로 말하자면, 채드에게는 그동안 소현을 생경하게 바라보던 연애 초기의 '사물성'에서 기능적인 익숙함인 '도구성'으로 바라보게 되는 일종의 전환, 이행이 있었다. 이 도구의 유용성은 이것의 본질적 성격인 신뢰성에서 나온다. 국자의 목이 부러지거나, 소현이 갑작스레 떠난 상황은 안전하게 지속되던 신뢰성이 끊어지고, 유용성이 없어지고, 그로 인해 도구성이 사라지며, 이것이 존재가 급작스레 '먼지 낀 유리창'처럼 불투명해진다는 것을 말한다. 소현이 투명한 유리창처럼 비가시적이었다면, 이제 그녀는 불투명한 가시적 존재로 자신의 모습을 드러냈다. 그러니까 투명한 유리창이 바깥의 풍경을 말끔히 보여주는 기능으로 작용하고 있었다면 이것은 도구성이고, 다만 먼지가 낀 상태로 유리창의 존재에 대해 묻게 만든다면 이것은 사물성이다. "이 유리창 좀 닦지그래." 우리는 유리창이 더러운 상태에 도달할 때어야만 유리창의 존재를 인식한다.

고리타분한 애인은 즐겨 찾는 스뎅 주전자보다 더욱 익숙한 도구성으로 수렴된다. 그리고 그것은 이미 고등어처럼 팔따팔딱 뛰던 초기의 신선한 흥미를 잃어버린다는 것이나 다름없다. 무지로 시작된 사랑이 앎으로 변할 때 이 모든 것은 시작된다.

연애 초기		연애 말기
사물성	→	도구성
무용	→	유용
가시적	→	비가시적
불투명한 유리	→	투명한 유리
신뢰 불가능성	→	신뢰성
부러진 국자	→	국자

자신을 차버리는 애인은 익숙함에서 벗어난 '예상치 못함'을 불러일으키기 때문에, 여기서 채드는 다시 한 번 그녀에게 반한다. "내가 몰랐던 그녀!" 그는 그녀의 몰랐던 부분을 발견하고, 다시금 사랑에 빠진다.

프루스트는 이렇게 말한다. "많은 경우에 우리는 헤어지는 날이 와야만 서로 사랑하고 있다는 것을 깨닫게 된다." 연인들 사이에 '익숙함에 속아 소중함을 잃지 말 것'이라는 글귀가 유행하는 이유도 그 때문일 것이다. 사랑이라는 화학작용은 애석하게도 유통기한을 지니고 있다. 사람들은 이를 본능적으로, 그리고 경험적으로 알고 있지만 첫 만남의 달콤한 최면에 빠져드는 순간부터 이를 망각한다. 그리고 콩깍지라고 불리는 아주 특별한 면역 작용이 사라질 즈음에 사람들은 상대에 대한 객관적인 판단을 다시 시작하게 된다. 아이리스 머독의 말대로, "사랑에서 벗어나는 것은 주로 누군가가 얼마나 매력적인지 잊어버리는 문제다."

소현은 채드와의 사랑에 빠지며 그의 본모습이 아닌, 그에게 투영한 환상을 품고 있었다. 그리고 그 환상은 채드의 모습을 본래의 그의 모습과 다른 사람으로 나타나도록 했다. 그녀는 사랑을 통해서 사랑하는 사람을 다른 모습으로 상상했다. 그리고 그 상상은 상대에 대한 오해를 낳았고, 현실과 상상과의 괴리가 점점 벌어질 때마다 그녀는 실망했다. 그녀의 피상적인 사랑은 현실의 질타를 견디지 못하고 무너져 내렸다. 자신에 대한 상대의 환상을 두려워했던 그녀였지만, 정작 그것을 실천하고 있던 것은 자기 자신이었다. 프랑스의 사상가 루소는 말한다.

"깜짝 놀라서 사랑했던 사람을 찾아보지만 그 사람은 온데간데없고, 남아 있는 자에게만 화가 날 뿐이다. 예전의 상상력이 상대를 미화시켰던 만큼, 이제는 상상력이 그의 모습을 더 흉하게 만드는 경우가 흔하다."

7
하얀 소복의 메타포

소현은 채드의 메일을 읽지 않았다. 그에게 '수신확인'이라는 문구를 보여주고 싶지 않았기 때문이다. 그녀는 자신의 반응을 궁금해하고, 상상하는 희망적이고도 절망적인 고문을 채드에게 행하고 싶지 않았다. 그리고 그것이 '왜 메일을 안 읽는지'를 궁금해하는 문제보다 더욱 골치 아픈 것이라고 생각했다.

그녀는 채드가 어떤 말을 해도 자신의 마음이 돌아서지 않을 것을 알았다. '생각할 시간을 갖자'며 만남을 보류한 것은 그녀였지만 그녀에게 그것은 일시정지가 아닌 완전한 정지 버튼이었다. 그녀는 그저 완전한 헤어짐을 말할 용기가 없었던 것이다.

서서히 이별을 준비하고 있었던 탓에 그녀는 이별 후에도 평안한 마음을 가지고 있었다. 그녀는 채드와는 다르게 무언가 홀가분하고 해방된 기분을 느꼈다. 끔찍하게 매달려 있던 10톤짜리 추가 마음에서 떨어져 나간 기분이었고, 미뤄놓은 끔찍한 과제를 모두 끝낸 느낌이었다. 그녀는 연인이 있어서 신경 쓰지 못했던 밀린 일들을 하기로 결심했다. 데이트를 하느라 바빠서 한동안 가지 못했던 스파에 들려 이스라엘제의 화장품으로 피부를 박박 문질렀고, 3박 4일의 여정으로 짧게나마 혼자서 홍콩을 여행하고 싶었던 로망을 이뤄냈으며, 밀린 페이퍼의 작성과 세미나를 위한 공부에 몰두했다. 친구들끼리 만나 밤새워 진탕 놀고, 술김에 클럽에서 낯선 남자와 키스를 했으며, 데이트라면 종종 프렌치 비스트로에 쏟았을 돈을 아껴 한동안 갖고 싶었던 슈즈도 샀다. 그녀가 싱글 라이프라며 무리하게 진행한 모든 일들은 사실 공허한 마음을 채우기 위한 것이었다.

이별의 과정을 겪은 소현은 별안간 그녀의 친구 가영과 만나 수다를 떨고 싶었다. 사랑과 관계에 관한 진지한 고찰 없이 아무 생각 없는 하루를 보내고 싶었기 때문이다(그녀는 이제 채드를 적당히 망각한 상태였다). 황금 같은 토요일 주말에 그녀들은 소현의 동네에 그들이 자주 찾는 카레 음식점에서 만날 예정이었다.

소현이 집 앞 현관을 나와 편의점의 모퉁이를 돌고 있을 때였다. 그녀는 보도블럭의 치밀한 아귀 맞춤을 하나씩 세어보며 길을 건너고 있었다. 아귀가 탁탁 맞는 ㅅ자 모양의 꺽쇠가 연속적으로 각진 모양들은 풀이 묻어 끈적끈석한 그녀의 핑킹가위를 떠올리게 하였다. 틈새 하나하나에 집중하는 순간 난데없이 그녀의 앞에 거대한 검은 그림자가 다가왔다. 깜짝 놀란 그녀는 위를 올려다보았고, 그것의 정체는 다름 아닌 준모였다. 그는 편안해 보이는 검정 코트에 스니커즈 차림이었다.

"여기서 만나네요. 반가워요."

준모가 웃으며 말했다. 소현도 덩달아 웃었다.

"네, 반가워요. 키가 크셔서 그런지…… 깜짝 놀랐어요. 밝은 데서 보기는 처음이네요."

그녀는 자신이 위압감을 느꼈다는 사실을 돌려 말했다.

"그렇죠. 어때요? 분위기가 좀 덜해 보이나요?"

테이크아웃 커피 한 잔을 손에 든 그가 몸을 수색하라는 듯 양팔을 벌렸다.

"흠, 확실히 유니폼이 잘 어울리시는 타입이네요."

소현이 농담을 건넸다. 준모가 웃으며 가볍게 받아쳤다.

"어쩌지, 소현씨 때문에라도 밖에서 유니폼을 입고 다녀야겠네요. 어디 가는 길이에요?"

"친구 만나러 가고 있어요."

"아, 그래요. 명색이 동네 주민인데 이렇게 만난 게 처음이라니 놀랍네요. 낮에도 가끔 이렇게 나와서 친구도 만나고 그래요. 나 만나러 밤에 와인 마시러 오지 말고. 소현씨 보면 가끔 날 너무 좋아하는 것 같아."

준모가 웃으며 말하자 소현이 어이없다는 듯 말했다.

"착각이 지나치시네요! 난 그냥……."

"농담이에요. 친구 분이랑 재밌게 놀고, 또 봐요."

그가 바쁘게 발걸음을 옮겼다. 소현은 분하다는 느낌을 받으면서도 이내 입가에 웃음이 떠올랐다.

'저런 능구렁이 같은 남자.'

그녀는 정말 이상하게도, 미동도 없던 심장이 오랜만에 간질간질한 것을 느꼈다.

가영은 치즈를 올린 가지포크카레를, 소현은 마늘과 대파가 많이 들어간 매운 느타리비프카레를 주문했다.

"여기 카레는 매운 게 있어서 좋아. 요즘 매운 게 당기더

라. 옛날 같으면 질색팔색을 했는데, 혀도 같이 늙는 건지 뭔지. 자극적인 것 아니면 입에 안 들어와."

소현이 마늘 칩을 씹으며 말했다.

"넌 어쩜 그렇게 매운 것을 잘 먹니. 아 참, 그 얘기 좀 해줘봐. 잘 만나더니 왜 헤어졌어. 3년이나 사귀었잖아."

"그러게. 뭐 내내 헤어지려고 마음먹고 있었는데, 싸운 김에 그렇게 내질러버렸어. 이참에 잘 되었지. 이제 나도 싱글 생활을 좀 즐기고 싶어. 주말에 약속 없이 머리 헝클어진 채로 영화도 보고, 추리닝 입고 편하게 서점도 좀 가고. 학교 공부에도 집중 좀 해야지."

"얘가 재미없는 소리 하네 또. 그러지 말고, 내가 다니는 결혼정보회사 가입해볼래? 가입비는 싸게 해줄게. 너 정도 집안에 로열 등급은 택도 없지만, 넌 예쁘니까 꽤 괜찮은 남자로 내가 물어다줄 수 있어. 어때? 해볼래? 이런 기회 잘 없다."

소현이 가영의 말에 약간 감정이 상했다. 한때 주목받았던 그녀의 외모는 이제 결혼정보회사에 입력될 한낱 조건에 지나지 않았다.

"아니야, 말은 고맙지만 아직은 결혼 생각도 없고, 부담스럽다. 그리고 내가 아직 연애할 능력이 없는 건 아니잖아."

"얘, 너도 이제 한물 갔어. 네 혀가 매운 것을 찾는 만큼 네 몸도 얼굴도 곧 예전 같지 않아질 거다. 넌 소개팅도 안 하고, 재덕씨랑도 끝났고. 연애가 끝났으면 더 전투적으로 남자를 찾아봐야지. 젊음 금방 간다니깐."

"가영, 난 정말로 연애에 조급하지 않아. 지금은 혼자만의 시간을 가지고 싶다고."

소현이 가영의 말을 끊으며 얘기했다. 가영은 미심쩍다는 듯 소현을 바라보며 얘기했다.

"뭐 그래 알겠어. 나중에라도 생각 있으면 말해."

소현은 가영을 만난 것이 슬슬 후회되기 시작했다. 그리고 그 미심쩍은 시선이 무척 마음에 들지 않았다.

"미안, 내가 오지랖이 넓었네. 마저 먹고 나가자."

가영이 표정이 안 좋은 소현의 눈치를 보았다.

소현은 오랜만에 만난 친구와의 대화가 즐겁지 않았다.

'내가 과민반응 하는 것일까? 어쩌면 나를 걱정해서 해주는 말이었을 텐데.'

그들은 만난 지 두 시간을 채 못 채우고 헤어졌다. 소현은 너무 매운 것을 많이 먹어서 그런지 속이 안 좋다는 핑계를 대며 집으로 돌아갔다. 그리고 아직 풀지 못한 대화의 갈증을 느끼며 문득 아까 잠시 마주친 준모와 다시 만나고 싶다는 생각을 했다. 그녀는 망설임 없이 얇은 가디건만을 걸친 채 준모가 있는 르 보쉬에로 향했다. 그러나 그날 그곳의 문은 굳게 닫혀 있었다. 내부에 어두컴컴하게 불이 꺼져 있는 것을 보니 그가 없는 것이 확실했다. 그녀는 가게 앞문에 〈매월 3째 주 토요일 정기휴일〉이라 써 있는 문구를 발견했다. 소현은 실망한 기색을 감출 수가 없었다.

'술집이 토요일 밤에 쉰다는 게 말이나 되는 일이야?'

그 때 뒤에서 낯익은 목소리가 들려왔다.

"이거 봐, 나를 너무 좋아하는 게 맞다니까."

준모가 팔짱을 끼고 실망한 그녀의 얼굴을 재미있게 쳐다보며 말했다. 소현은 순간 준모의 건방진 말에 반응하기보다 반가움에 웃음 지었다.

"평일에만 오니까 오늘 같은 날 쉰다는 것을 모르지. 가끔 이렇게 주말에도 놀러와 봐요. 집에서 빈둥빈둥 영화만 보지 말고."

준모가 큰 키로 현관문의 맨 위에 달린 잠금장치를 열며 말했다. 소현이 문 앞에 서 있었던 덧에 그들은 백허그와 비슷한 자세로 밀착되어 있었다. 그는 소현과 달리 그녀와 밀착하는 것에 대해 전혀 거리낌이 없었다. 준모가 얼굴이 빨개진 그녀의 어깨를 짚으며 까치발을 내렸다.

"들어와요. 소현씨니까 특별히 오늘만 개방할게요."

준모는 유니폼으로 갈아입지 않고 집에서 나온 차림새로 서빙을 해주었다. 검정 소매의 나그랑 티셔츠에 청바지 차림이었다. 소현은 사적인 그의 차림이 무언가 특별해 보여 좋다고 생각했다. 유니폼을 입은 그는 모두의 것이었지만, 사복의 그는 소현만의 것이었다. 준모가 바에서 준비를 하는 동안 소현이 턱을 괴며 말했다.

"사장님 어떻게 여기 와 계셨어요? 오늘 쉬는 날이라면서요."

준모가 웃으며 얘기했다.

"그냥 왠지 오늘 소현씨가 올 것 같았어요."

준모가 와인 잔에 와인을 따랐다. 로버트 몬다비 카베르네 소비뇽 리저브, 1988년산이었다.

"내가 미국에 있을 때 오퍼스 원보다 좋아했던 와인이에요."

소현은 그 말이 들리지 않았다.

"제가 올 줄 어떻게 아셨어요? 저 오늘 친구 만나러 가는 것도 보셨잖아요."

준모가 말없이 웃었다. 그가 조용히 놓여 있는 소현의 잔에 짧게 건배를 했다.

"남자친구랑 헤어졌죠?"

소현은 경악할 지경에 이르렀다.

"혹시 나를 스토킹하세요?"

"아니요, 그냥 느낌이 그랬어요. 주말 오후에 동성 친구를 만나러 간다. 그것도 꾸미지 않은 차림으로, 네일아트는 벗겨져 있고, 좀 울었는지 얼굴은 퉁퉁. 갑작스레 이곳에 발길이 끊긴 건 무슨 일이 생겼다는 얘기니까. 왠지 그 남자친구와 헤어졌을 것 같았죠. 몇 달 전부터 내가 봐온 소현씨는 마음속으로 헤어짐을 다짐하는 것처럼 보였으니까."

"그랬나요. 날 정말 다 알고 계시네요."

낱낱이 파헤쳐졌다는 생각에 소현은 조금 울적하고 부끄러워졌다.

"그래서 친구를 만났는데 마음 편하게, 허심탄회하게 대화할 수가 없었겠죠. 그러다 문득 나를 찾을 거라고 생각했어요. 그래서 위로해주러 왔어요."

"맞아요. 정말 다 맞는데, 만약 아니었으면 어쩌려고 그랬이요? 헛걸음하는 것밖엔 안 되잖이요."

"뭐랄까……. 텔레파시가 왔다고나 할까? 그래서 확신했어요. 아니면 말구요. 뭐, 전파 오류가 났다고 치죠."

그들은 말없이 웃었다. 그날 밤 소현과 준모는 문 닫힌

가게에서 다섯 시간 동안 대화를 했다. 연애와 연락에 관한 쓸데없는 단상에서부터, 관계의 부질없음에 대한 회의적인 자각, 로즈마리 클루니의 캐롤송에 대한 찬사, 영화 〈말레나〉에서의 모니카 벨루치가 얼마나 아름다웠는지, 다자이 오사무의 소설에 대한 우울한 감상 등등 그들의 공감대 영역은 그칠 줄 몰랐다. 매번 푸념 섞인 연애 상담만 하던 그들은 뇌 속의 변연계가 공명을 일으키는 공감의 경험을 연속적으로 하며 즐거워했고 적당한 알코올과 더불어 무척 신나 있었다(그리고 그들은 알코올에 취해 자신들이 추해지지 않도록 '절제'에 심혈을 기울였다). 소현은 문득 준모가 자신이 찾던 남자였다고 생각을 하면서도, 그의 나이와 출신 학교, 심지어는 결혼 여부에 대해서까지 그의 사생활과 신상에 대해 아는 것이 적었으므로 그런 그와 사랑에 빠지는 것이 문득 모험적이고도 어려울 것이라고 생각했다.

그렇지만 관계에는 늘 예상치 못한 일들이 존재한다. 알코올이라는 촉매제 덕분에 그들의 만남은 가속화되었으며, 소현과 준모는 다음날 점심에 식사를 같이하기로 약속했다. 준모의 와인바가 오픈 시간이 늦었기 때문에 근사한 저녁식사는 불가능했고, 결국 소현이 좋아하는 브런치 카페에서 싱싱한 일요일의 점심을 보내기로 결정했다. 둘은 약속을 정하고, 이를 실행하면서 매우 설레면서도 행복한 기분을 느꼈다. 상대방과의 약속을 '새삼스럽게' 잡는 것은 얼마나 신선한 일인지! 함께할 시간과 장소에 대한 교류와 타협의 과정. 소현은 약속 장소가 주로 자신의 집이었던 채드와의 오랜 만남에서 자신이 잊고 있었던 사소하고도 작은 감정을 다시 찾은 느낌이었다. 소현과 만나기로 한 브런치 카페에서 얼음과 함께 간 청포도주스를 한 입 마시던 준모는 느닷없이 그녀에게 고백을 했다.

"사실은 이 모든 게 계획되었다는 것을 알고 있어요?"

소현이 영문을 모르겠다는 듯 준모의 눈을 똑바로 쳐다보았다.

"뭐가요?"

"내가 하얀 소복의 여자를 얘기했던 것 기억나요? 실은 그 여자를 한 번 따라해봤어요. 편의점의 귀퉁이에서도, 내 가게의 앞에서도 난 줄곧 소현씨를 기다리고 있었어요. 우연을 가장한 필연을 만들려고 말이죠."

소현은 난데없이 웃음이 터졌다.

"뭐라고요? 정말인가요?"

"이 방법, 아무래도 성공률이 제로인가 봐요. 당사자는 아무도 몰라주네요. 오히려 너무 뻔해서 티가 날까봐 걱정

했는데. 난 오래전부터 마음속으로 소현씨가 남자친구와 헤어지길 간절히 바라왔어요. 좀 못됐지만, 소현씨에게 내가 더 잘해주고 행복하게 해줄 수 있다고 생각했거든요."

갑작스런 고백에 소현이 당황해서 입을 다물었다.

"미안해요, 소현씨랑 이런 약속을 하고 내가 너무 들떠서. 너무 적극적이죠?"

"아니요, 아니요. 좋아요. 일단은 식사를 마저 하죠."

소현은 준모의 마음이 주눅이 들어 혹여 식을세라, 용기를 북돋아주었다.

인연이 특별해지려면 어떠한 장치가 필요할까. 사람들은 서로를 깊숙이 사랑하는 것 이외에도 상대를 운명적으로 만들기 위한 여러 가지 특별한 양념을 가미한다. 덕분에 연애의 세상에는 '이벤트'라는 것이 생겨났다. 1주년, 밸런타인데이, 300일, 혹은 상대의 생일, 심지어는 빼빼로데이 까지. 세상엔 이제 상술과 맞물려 기가 차게 설득력 없고도 식상해진 별별 기념일이 많아졌다. 하지만 더욱 슬픈 것은, 사람들은 자신들의 값진 사랑을 위해 기꺼이 그것을 지불할 준비가 되어 있다는 것이다. 창의적이지 못한 사람들은 돈으로 특별함을 산다. 준모는 그러한 방식의 소비가 유치하다고 생각했다. 특별하다고 해서 유명해진, 그래서 더더욱 식상해진 남들이 다 챙기는 기념일이 아닌, 소현과 자신만 알 수 있는 둘만의 기념비적인 어떤 것을 만들어내고 싶었다.

"난 심지어 지금까지 줄곧 같은 옷만 입었다고요."

준모가 칭얼거리듯 말했다. 그는 소현과의 만남에서 자신을 각인시키기 위해 똑같은 차림새를 유지했다. 칼라와 주머니덮개에 가죽 라이닝이 들어간 랙앤본의 검정 코트, 블랙 앤 화이트의 깔끔한 나그랑 셔츠, 검정색의 깔끔한 스니커즈를 신고 있었고, 손목에는 크롬하츠의 은색 장신구가 반짝거렸다.

"헤어진 여자의 레퍼토리를 표절하다니, 그건 저한테도 그 여자 분한테도 무례한 것 아닐까요?"

"표절이라니요, 그런 섭섭한 말씀을. 당신은 뉘앙스와 표절의 차이를 모르시나 보군요. 나는 영감을 받았고 그걸 응용한 것뿐이에요. 엄연히 메타포의 방식이었다니까요."

"그런가요? 클리셰가 너무 분명해서 지루한걸요."

소현이 어깨를 으쓱하며 말했다.

"거짓말하지 마요. 알아채지도 못했으면서."

"좋아요. 그럼 왜 실패한 연출을 따라한 거죠? 몸소 겪은 당사자였으니 그것이 실패할 것을 더욱 잘 알았을 텐데요."

"글쎄요, 그건 하얀 소복 그녀에 대한 은유가 아니라……그녀가 말했던 밀란 쿤데라에 대한 오마주인 것 같네요. 약간은 영화 〈세렌디피티〉를 패러디하려고 시도했죠. 의도나 의미 부여에는 실패했지만, 소현씨가 웃었으니까 결과적으로는 성공한 셈이네요. 그거로 충분해요."

준모는 하얀 소복의 그녀로부터 자신이 느꼈던 감정을 소현이 다시금 느껴주길 바랐다. 인연의 시작부터 소중히 다루고 특별히 여기려는 마음. 노력과 정성으로 이루어지는 자신에 대한 재인식의 경험.(이 사람 원래 이런 사람이었어?) 설령 그것이 모방의 방법이더라도 소현의 감동을 창조해낼 수만 있다면 상관없었다.

소현이 준모를 '가벼워 보이지만 나름 귀여운 사람'으로 생각게 되는 재인식의 과정이 일어났으므로 준모의 주도면밀한 계획이 어느 정도 성공했다고 볼 수 있다. 그녀는 이별을 겪은 지 얼마 되지 않아 자신을 열렬히 좋아해주는 매력적인 남성이 존재한다는 것에 기분이 좋고도 뿌듯한 감정을 느꼈다. 그들은 이제 마치 처음 만난 사람처럼 통성명을 하고, 호칭을 재정립한 뒤(소현은 준모를 사장님이라고 부르는 것을 오래전부터 인식하지 못하고 있었다), 신상에 대한 간략한

정보를 나누고, 미래에 대한 구체적인 가치관과 인생관을 나누었다(소현은 이 대화가 조금 이르다 싶었다). 그것은 다시 말해, 그들이 조금은 진지한 만남을 준비한다는 설명이 되기도 했다. 가벼운 만남은 서로가 함께하는 미래를 궁금해하지도, 기대하지도 않기 때문이다.

"그럼 우리 새로운 기념일을 만들어볼까요?"

준모가 느닷없이 말했다.

"무슨 기념일요?"

"우리가 만나기로 시작한 날, 그냥 디데이라고 하면 재미없잖아요. 내가 검정 옷을 입고 당신을 납치하러 왔으니까, '아즈라엘 데이' 어때요? 맘에 드나요?"

소현은 그가 농담을 하는 줄로 알고 웃어넘겼다. 그녀는 그가 무척 센스가 없다고 생각했다.

"하하, 재밌네요."

그녀는 억지로 웃었다.

"농담 아니에요. 그리고 이날은 우리 둘 다, 검정 옷을 입고 나오기로 해요. 그리고 스테이크를 먹도록 하죠. 낫을 들고 설칠 수는 없으니까 나이프라도 들어봅시다."

"그것 참 으스스하군요. 하지만 왜 그렇게 해야 하죠? 그저 평범한 기념일로 하면 어디가 덧나나요? 그리고 좋은 날에 굳이 저승사자가 되긴 싫은데요."

그녀는 잠시 준모가 검정 날개를 단 모습을 상상했다.

"에이, 이래 봐도 아즈라엘은 이슬람교의 공무원이에요. 거부감 갖지 말아요. 그리고 재미있잖아요. 남들 다 하는 기념일 뭐가 좋나요?"

소현은 여전히 괴기스러운 기념일에 거부감을 가지고 있었지만, 준모가 소현을 계속해서 구슬리는 탓에 그들의 '아즈라엘 데이'는 성립되었다.

"좋아요. 대신 당신이 만든 기념일이니 당신이 모든 것을 책임져요. 난 그 어느 곳도 내 손으로 예약하지 않겠어요."

소현은 특별한 기념일 때문인지, 특별히 기대되는 음식 때문인지는 모르겠지만 내년의 아즈라엘 데이가 은근히 기다려지는 자신이 부끄러웠다.

8
로데오와 줄리엣

“사람들은 가끔 중요한 것을 너무나 당연하게 잊고 말죠. 가령, 배가 너무 고플 땐 라면이 몸에 안 좋다는 것을 잊는다든지, 운전할 땐 나도 모르게 상스러운 욕이 튀어나온다든지 하는 것들을 말이에요. 상황에 상식이 뭉개지는 경험은 썩 유쾌하지 않아요.”

소현이 준모와 함께 체리의 꼭지를 따 먹으며 얘기했다. 그들은 준모의 방 안, 불푸레나무 원목으로 만들어진 흰색 침구 위에 함께 누워 있었다. 침대의 맞은편 벽에는 프로젝터가 설치되어 있어 그들은 언제든지 영화관에 온 듯한 기분을 침대 위에서 안락하게 느낄 수 있었다. 소현은 준모의 책장에 꽂힌 벤자민 프랭클린, 프란츠 카프카의 책이 의외라고 생각했다. 침구가 금방이라도 표백한 것처럼 새하얗게 깨끗했기 때문에, 소현은 체리의 즙을 흘리지 않기 위해 노력했다(그리고 그녀의 행동이 인위적이고 부자연스럽다고 생각했다). 그들은 세 번째의 데이트에 함께 이른 아침을 맞이하게 되었다. 채광이 좋은 창문의 햇살에 침구가 더욱 하얗도록 반짝거렸다.

"왜요? 그런 경험이 자주 있나 보죠?"

준모가 미소로 소현의 얼굴을 장난스럽게 어루만지며 물었다.

"글쎄요, 어떤 반성이라고나 할까요. 섹스가 고플 때 내가 상대를 사랑하는지 안 하는지에 대한 어떠한 검증도 없었다는 것을 말이에요."

소현은 준모와의 잠자리가 이른 편이라고 생각했고, 이를 저지르고 난 후에는 덜컥 겁이 났다. 더불어 준모가 잠자리에 능하다는 사실이 그녀를 기쁘게 해야 할지 슬프게 해야 할지에 대해 혼란스러운 감정이었다. 그녀는 준모가 자신과의 잠자리를 가볍게 생각할 것을 두려워했다. 그리고 만일 그것이 사실이라면 상처 입을 것이 분명했기 때문에 그녀는 먼저 선수를 치기 시작했다. 그녀는 그녀 자신이 잠자리에 큰 의미를 두지 않는다고 일부러 말함으로써, 그 이후론 준모로부터 이에 대해 어떤 말을 들어도 상처입지 않도록 대비를 했다. 스스로 기대치 관리를 통해 자신을 방어한 것이었다.

준모와 소현이 나눈 하룻밤과, 그 관계 사이의 둘은 지그문트 바우만이 자비(jarvi)의 표현을 빌려 말한 것처럼 "누구나와 맘대로 데이트할 수 있는 자유와 진지하게 심각한 관계를 맺으려는 자세 사이의 어정쩡한 정서적 타협"에 있었다. 소현은 이 정서적 타협 속에서 실제로 심각한 관계를 맺으려는 자세에 있었지만, 그녀의 자존심이 스스로 준모에게 그것에 대해 말하는 것을 허락하지 않았다. 때문에 그녀는 자신이 누구나와 맘대로 데이트할 수 있는 자유를 획득했다는 듯이 말하고 있었다.

그러나 준모는 어린 양처럼 작아져 자신을 보호하는 말을 내뱉는 소현의 두려움을 눈치채고 있었다.

"이러지 말아요. 날 가지고 논 건가요? 나에겐 이제 소현씨가 가장 중요해졌는데……."

준모가 약간의 연기를 가미시키며 그녀를 안심시켰지만 소현은 약간의 툴툴거림으로 자존심을 지키고 싶었다.

"벌써부터 숨이 막히는데요? 준모씨 이렇게 구질구질한

사람이었어요?”

소현이 농담조로 얘기했다. 그녀는 마음속으로 ‘하룻밤을 같이 보냈다고 해서 당신에게 다 넘어간 것은 아니야!’라는 말을 내지르고 있었다. 실은 잠자리에 가장 큰 의미를 둔 그녀였기 때문에, 그것을 저지르고 텅 비어버린 자신의 마음을 들키지 않기 위해 안간힘을 쓰고 있었다.

“완전히 나를 구워삶는 재주가 있군요. 조심해야겠어요.”

준모로서는 그녀에게 쥐락펴락 당하는 순수한 남자가 되어주는 것이 편했다. 그는 당장이라도 ‘나랑 잔 게 두려워요?’라고 물어볼 수 있었지만, 소현이 두려워하는 부분과 감추고 싶어 하는 것을 굳이 들춰내고 싶지 않았다. 그리고 그것이 매너 있는 남자의 전형이라고 생각했다. 여자가 듣고 싶어 하는 말을 파악하고, 내키지 않더라도 눈 딱 감고 져준다는 것. 때로 그것은 자존심을 상하게 하는 일이었지만 행동하게 하는 이유는 단 하나였다. 관계를 피곤하고도 복잡하게 만들고 싶지 않았기 때문이다. 그는 일종의 게으른 사람이었다.

여성을 사랑하고 배려하는 준모에게도 약간은 자만하는 경향이 있었다. 그는 자신이 여타 무뚝뚝하고 가부장적인 남성들과 달리 로맨틱한 남성이라는 자부심을 가지고 있었고 이에 대해 전혀 의심하지 않았다. 또한 다른 남성들과 달리 여성을 잘 헤아린다는 것에 스스로 자랑스러워했다. 그는 말하자면 조금은 저돌적인 스타일이었다. 게으르리만큼 관계에서 충돌을 피하고자하는 그였기 때문에, 그는 여성의 비위를 맞추는 것에 누구보다 적극적이었다. 가끔 그것은 여자들을 부담스럽게 했지만 그녀들이 당황스러워 하는 것을 감동받은 것으로 착각하기도 했다.

저돌적인 그는, 앞뒤를 생각하지 않고 내던지는 자신의 행동력을 사랑이라고 믿었다. 그는 진취적이고, 목표 지향적(goal-oriented)이었다. 목표를 쟁취하기 위한 그의 행동력은 지칠 줄 몰랐다. 이제 그는 틈만 나면 불쑥 소현의 집 앞에 나타나기 일쑤였고, 그녀가 조교로 일하는 행정실에 꽃바구니를 배달시킨다든지 하는 이벤트성 행동들을 하기 시작했다. 이에 불쌍한 줄리엣은 감동의 감정을 느끼기보다는 샤워와 꽃단장에 시간을 단축하는 법만 배웠을 뿐이었다. 그녀에게 준모의 돌발적 행동은 '창문을 열어달라'는 로미오의 로맨틱한 세레나데가 아닌, 빨간 팬티를 보고 달려드는 로데오 경기의 야생마에 지나지 않았다. 회가 거듭될수록 소현은 포악하게 날뛰는 자신의 성난 말을 길들여야겠다고 다짐하게 되었다.

고쳐 쓴다는 것. 고장 나 널브러진 기계는 전문가의 손에 새 삶을 찾지만 그것이 인간에게 적용되는지에 대해서는 의문을 가질 필요가 있었다.

"연애를 많이 해보지 않은 남자들은 여자에 대해 잘 몰라서 다 가르쳐 주어야 해. 어린아이처럼."

소현은 언젠가 가영이 한 말을 기억해냈다. '남자를 교육한다? 그렇담 어떻게? 하지만 인격 형성이 (거의) 완성된 그들에게 변화가 가능할까? 가능하다면 사람이 **진정** 변하는 것일까? 그렇다면 그들은 차후에 새로운 방식으로 능동적 학습을 한다는 것이 가능할까?'

인간으로서 그들의 본성 자체를 변화시키는 것은 다소 무리가 있다. 그들은 유전적으로 형성되었고, 충분히 능동적이며, 신념과 가치관을 가지고 있기 때문이다. 그러나 행동주의적 관점에서 본다면, 개인의 성격은 다양한 자극 상황에 대한 반응 경향성의 집합으로 나타낼 수 있다. 다시 말하면, 자극에 따라 반응하는 개인의 연속성과 일관성이 성격을 형성하게 된다는 말이다. 이 관점에 따르면 자극 강화물과 그 반응에 조금의 조작과 조건을 가해도 개인의 성격이 변화할 수 있게 된다.

남자를 고쳐 쓴다는 것에 대해서 의문을 갖던 소현은 심리학자 파블로프의 실험을 생각해냈다. 파블로프는 '고전적 조건형성'이라는 이름으로 자극에 의한 학습법에 대해 1903년에 최초로 기술했는데, 고전적 조건형성은 중립적인 자극이 원래 다른 자극에 의해서 유발된 반응을 유발하는 능력을 습득하게 되는 학습의 한 유형이다. 파블로프는 그의 실험을 강아지로 연구하게 되었는데, 여기에 해당되는 변인들은 종소리, 먹이, 식욕이다. 여기서 종소리는 중립자극, 먹이는 식욕이라는 무조건 자극을 이끌어내는 무조건 조건이다. 종소리를 통해 먹이를 예상할 수 있게 하는 조건형성 과정을 거치면 개는 종소리만 들어도 침을 흘리게 되는데, 이것이 종소리라는 중립자극이 조건자극으로 변하게 되는 과정이다. 맥주의 거품이 넘칠 때 나도 모르게 컵에 입을 갖다 대거나, 전화벨이 울릴 때 곧장 달려가는 반사적인 행동들이 이와 비슷한 경우이다.

소현은 준모라는 존재의 인격 형성을 변화시키기보다, 자극과 조작을 가하며 그를 적당히 채찍질하기로 마음먹었다. 그것은 일종의 조련이었다. 준모와의 연애에 장기적인 변화를 기대하거나 그것을 위해 자신의 에너지를 쏟는 것이 불필요해 보였고, 깊지 않은 관계인 만큼 단타적인 시도와 변화가 필요하다고 느꼈다. 애초에 그가 성난 황소처럼 보였기 때문에 그것을 우회적으로 잠재우기 위한 의도도 있었다. 그녀는 연애 초기에 이러한 훈련이 필요하다고 보았다.

자신을 실험 대상으로 삼는 방법에 대한 준모의 불쾌함을 잠재우기 위해서는, 그를 실험 대상으로 인식하지 못하게끔 하는 복잡하고도 교묘한 술책 또한 필요했다. 소현이 그에게 강아지에게처럼 종을 딸랑이거나 할 수도 없는 노릇이었기 때문에 그녀는 중립자극으로서 그녀의 '반응'을 보여주기로 했다. 그것은 좋든지, 나쁘든지 둘 중에 하나였지만 반드시 일관적이어야 했다. 소현은 준모가 하는 돌발 행동이 마음에 들지 않을 때는 냉담한 표정으로 헤어짐과 동시에 일주일간은 절대로 먼저 전화하지도, 전화를 받지도 않았다.

그녀가 완전히 마음먹은 이후, 준모는 또다시 돌발 행동을 시작했다. 소현이 집에서 편하게 쉬기로 마음먹은 날 그는 그녀를 연락 없이 불쑥 찾아왔다.

"소현씨가 너무 보고 싶어서 찾아왔어요. 나 잘했죠? 소현씨도 내가 보고 싶었죠?"

소현은 마중 나온 강아지처럼 방방 뛰며 칭찬을 바라는 그의 태도가 마음에 들지 않았다. 그리고 연락 없이 그녀의 휴식을 방해한 그가 미워지기 시작했다. 그날 그녀는 콜린

퍼스가 나오는 영화를 보고, 헤밍웨이의 단편을 읽으며, 맛있는 펜네 파스타를 만들어 먹는다는 계획을 세우고 있었다. 사실상 준모는 그녀가 쉬고 있다는 표면적인 이유만으로 그녀의 계획을 깡그리 무시한 것이나 다름없었다(실제로 쉰다는 것에 자체에 계획이 있을 수 없다고 착각하기가 쉽다). 그 때만큼은 소현에게 준모가 자신의 SSB(Secret Single Behavior)에 침범한 이방인이나 다름없었다. 적어도 그녀의 옛 연인 채드는 그런 그녀를 존중을 해주었기에, 소현은 무심코 그를 그리워하기도 했다.

소현은 준모를 반갑게 맞이할 수가 없었고, 사실상 오늘은 무얼 하기로 계획되어 있었다고 말하며 그를 낙담시키는 것 또한 구차하고 쪼잔하게 생각되었다. 그래서 그녀는 줄곧 '당신과 함께 있는 것이 굉장히 불편해.'라는 표정을 풍기며 준모의 귀가를 재촉시켰다. 그러고는 일주일간 뜸한 연락으로 그를 피했다. 이것은 그녀의 중립자극이기도 했지만 그녀를 건들지 말아달라는 신호이기도 했다.

하지만 여기서 소현의 예상과는 다른 결과가 나타났다. 일주일간 뜸했던 그녀의 연락에 준모가 불안함을 내비치기 시작했기 때문이다. 그는 소현의 반응을 '사랑이 부족해서 토라져버린 여자의 신호'로 인식하게 되었다. 상황은 더욱 악화되었고, 소현은 관찰 대상에 대한 심각한 오류와 잘못된 가설이 있었음을 깨달았다. 그녀는 이에 준모가 강아지보다 고등동물이라는 존중이 없었음을 미안하게 생각하기도 했으며, 조련이라는 것은 뇌가 종잇장처럼 얇은 가축에게나 통하는 것이었다는 것을 뼈저리게 느꼈다.

결국 소현은 그를 조작하고자 했던 욕심을 모두 거두고, 비인간적이었던 자신을 모두 반성하며 준모에게 모든 것을 고백하기로 마음먹었다.

"사실은 당신이 하는 행동들이 가끔 날 부담스럽게 해요. 마음만은 정말 고맙지만, 난 화려하거나 시끄러운 이벤트를 원치 않아요. 불쑥 찾아오는 꽃다발 또한 달갑지 않고요. 언젠가부터 이것을 말하려고 했지만, 그게 마음대로 되지 않았어요. 하지만 이제 준모씨가 계속 그런 식으로 행동한다면 나는 정말 힘들어질 거예요."

준모는 당황스러우면서도 다행인 감정을 느꼈다.

"좀 놀랍군요. **당신은 분명 좋아하는 눈빛이었다고요**. 우선 미안해요. 그렇게 느낄 줄은 정말 몰랐네요. 하지만 난 정말 소현씨가 좋아서 그런 것이었어요."

"알아요. 그렇기 때문에 최대한 직접적으로 말하지 않는 방식을 택하려고 했어요. 혹시 지금 내가 당신을 상처받게 했나요? 그러지 말아요. 난 정말로 내가 그 순수한 마음을 해칠까봐 두려웠어요."

준모는 갑작스러운 그녀의 고백에 자신이 초라하고도 부끄러워졌다. 로맨틱한 남자로서의 명성과 자존심에 상처를 입은 것은 물론이거니와, 그녀가 그동안 보여준 고맙다는 반응이 모두 구색용이었음에 배신감마저 느끼게 되었다. 더욱이 자신의 방식이 최고가 아니었음에 스스로 실망하기도 했다.

"앞으론 정말로 부담스럽게 하지 않을게요. 혹시 내가 다시 불쾌하게 하는 일이 생긴다면 꼭 말해주길 바라요."

준모는 소현과 하는 연애에서 자신이 소외된 기분이 들었다. 그는 명색의 연인임에도 자신이 그녀의 감정도 취향도 제대로 파악할 수 있는 것이 없었다고 생각했으며, 어쩐지 그녀가 알려주지 않는 어떤 것들이 더 있다고 생각되기도 했다. 또한 그들의 사랑에 어떤 주름과 같은 막이 잡힌 기분이 들기도 하였다. '무엇일까'? 무엇이 사랑을 이렇게 힘들게 하는 것일까? 왜 그녀와 나 사이에는 이해할 수 없는 벽이 있는 것만 같을까? 어째서 진정 좁힐 수 없는 간격이 있는 것일까? 그녀는 나의 생각과 왜 이렇게 다른 걸까?

그녀를 **예상**할 수만 있다면!'

그는 다소간 흥분한 마음을 차분히 마음을 먹고, 다시 생각해보았다. 그리고는 자신이 어쩌면 소현으로 하여금 자기만족을 채우려는 욕심을 부렸을 지도 모른다는 생각을 하게 되었다. 스스로 로맨틱한 남자라는 타이틀에 도취되어 소현이 욕심의 제물이 된 것은 아닌지, 때문에 그녀의 반응을 세세히 살피려고 하지도 않고 주입식으로 사랑을 해온 것은 아닌지에 대해 깊이 고심하게 되었다. 결국에 그는 자신이 만족시키려는 것이 그녀가 아니라 자기 자신이었음을 깨닫고는, 자신의 철없음을 민망하게 생각하기도 했다. 그제야 그는 진정으로 그녀에게 미안한 감정을 가지게 되었다.

"정말 미안해요. 그런 행동들을 다시 생각해보니 내가 이기적이었군요. 솔직하게 말해줘서 고마워요."

그들은 이제 한 발자국 타협의 길로 들어설 수 있게 되었다.

어째서 소현은 일부러 목적지에 돌아가는 되었을까? 그녀가 처음부터 직설적으로 말을 했다면 필요치 않은 에너지 소비는 없었을 것이다. 좀 더 빠르고 확실하다면 달려가는 방법이 좋으련만, 그녀는 어리석게도 언제나 비효율적이었다. 준모가 초인종을 누른다면, 소현은 노크를 할 것이다. 그는 직설적이고, 그녀는 우회적이었다. 그리고 그녀는 흔히 '돌려' 말했다. 왜냐하면, 그녀는 감정의 상처와 노출에 민감하고, 또 그러한 경험이 있기 때문에 남들로 하여금 자신과 같은 상처를 받게 하지 않기를 원했기 때문이다. 그녀는 타인에게 상처 주고 싶어 하지 않았다. 하지만 준모는 감정적인 것보다는 효율적인 것에 초점을 맞추었다. 그는 취미 삼아 낚시를 하고, 그녀는 취미 삼아 고양이를 키운다. 그는 휘발유차를 몰았고, 그녀는 자전거를 탔다.

9
이메일의 플래시백

그날엔 오후 6시부터 큰 폭풍우가 온다고 했다. 오전 8시의 미녀 기상캐스터를 챙겨보는 사람들의 손에는 우산이 들려 있었고, 준모는 급히 마련해 보이는 듯한 허술한 비닐우산 하나를 챙겨왔다. 간단한 점심 후에 앉은 영화관 앞 벤치에서 소현은 별안간 우산을 폈다. 하늘은 폭풍우가 올 기미도 없이, 맑게 개어 있었다. 인적 많은 광장, 홀로 활짝 핀 우산 아래의 커플을 준모는 창피해했다.

공공장소에서의 스킨십은 꺼리지 않는 준모였다. 그는 종종 사랑할 때 할 수 있는 행동이 왜 부끄럽냐는 듯이 물었지만, 그것이 소현에게 얼굴을 붉히게 하고 껄끄러운 것은 사실이었다. 소현은 사랑의 표현이 꼭 육체와 육체가 맞닿는 일이어야만 가능한 것은 아니라고 생각했다. 그녀는 그를 사랑하는 마음으로, 사랑하기 때문에, 사랑하기 위해서 맑은 하늘 아래에서 기어코 우산을 폈다. 우산을 펴는 행위를 통해 소현과 준모는 그들의 주변의 인물들과 구별되는 어떤 특별함을 가지게 되었고, 소현은 그것을 독자성이라고 부르고 싶었다.

그들은 이제 그 어떤 누구로부터 구별되는 독자성을 가지고 사랑의 아우라를 마음껏 풍길 수 있게 되었다. 우산의 지름만큼 범접할 수 없는 그들의 공간을 만들었고, 새로이 구성된 우리라는 **공간** 안에서 사회적으로 분리된 행동을 통해 사회구성원들로부터 최소한의 반항을 하고 있었다. 간단히 말하면, 그녀는 그저 사랑에 빠지면 하게 되는 익살스러운 돌발행동을 하고 있었다.

"비도 안 오는데, 우산 펴놓는 게 이상하잖아요."

준모가 창피하다는 듯이 말했다.

"뭐가 창피하다는 거죠? 난 당신과 우산 아래에서 함께이고 싶어요. 꼭 이 우산 아래에서만."

"**왜 하필** 그래야 하나요? 난 우리가, 우리라는 자체만으로도 특별하다고 생각해요. 여기서 굳이 일반적이지 않은 상황을 설정할 필요가 있을까요?"

"준모씨는 단순히 이 행동이 일반적이지 않기 때문에 창피한 건가요? 아니면 사람들의 시선이 두려운 건가요? 둘 중 어느 쪽이든지 그렇다면, 당신은 애초에 나에게 지하철에서 키스를 하지 말아야 했어요."

"좋아요. 그렇담 지금 이 행동이 말해주는 것은 뭔가요? 스킨십도 아니고, 세레나데도 아니고. 이해가 잘 안 가는군요."

"고백이에요. 다만 말이 아닌 행동의 방식이죠. 준모씨와 사랑을 하는 한 나는 우리라는 존재 자체를 특별하게 하고 싶어요. 사실 이 세상에 사랑만으로 특별해지기가 어디 쉽나요. 다들 자신들의 사랑이 특별하고 남들과 다르다고 생각하죠. 하지만 틀렸어요. 적어도 모두가 그렇게 생각한다는 점에서 그렇죠."

소현은 우산의 손잡이를 빙그르르 돌렸다.

"그래요……."

준모가 떨떠름한 표정으로 말했다. 그는 소현이 말하는 우산과 사랑의 상관관계를 이해하지 못하고 있었다.

"이 넓은 땅 위에, 많은 사람들 속에, 우리만 우산을 펴고 있다는 게 훨씬 로맨틱하지 않나요? 포옹이나 키스를 하는 연인은 이제 흔하다고요. 사람들은 모두 말을 특별하게 하려고 하지만 행동은 특별하게 하려 하지 않죠."

소현이 시큰둥하게 말하자 준모가 대답했다.

"글쎄요, 나에게 이것은 특별하기보단 특이하군요."

소현과 준모의 사랑은 이제 안정기에 접어들었다. 이제 그들은 다른 연인들처럼 툭닥거리며 서로를 내세우고, 때로는 숙이기도, 인정하기도, 때론 이해하기도 했다. 그들의 사랑은 이제 사랑의 본질에 대한 의문이 없어졌다는 점에서 초기와는 다른 분위기를 내뿜고 있었다. 소현은 준모와의 사랑이 약간은 지루해졌고, 이전에 하지 못했던 만남과 관계에 대한 의심이 들기 시작했다. '난 왠지 우발적으로 이 사람을 만난 것 같아.'

그맘때쯤 문득 소현은 채드가 생각이 났다. 그러고는 왜인지 모르겠지만, 이전에 그가 보내왔던 이메일을 보고 싶다는 생각을 하게 되었다. 그녀는 그녀의 이메일 계정에 로그인을 한 뒤, 독일 항공사의 스팸메일 따위에 한참 뒤로 밀려 있는 그의 메일을 열어 글을 읊었다. 소현은 그가 니체를 인용했다는 걸 알아채고는 크게 웃었다. '정말 유머러스한 편지를 썼었네.' 그가 편지를 쓰는 순간 동안 철학자를 인용할 정도로 여유로웠다는 사실이 어느 정도 그녀를 기분 좋게 한 것은 사실이었다. 소현은 그의 안부가 궁금해졌다. 하지만 그녀에게는 그에게 연락할 구실이 필요했다. 채드가 첫 만남에 자신에게 준 목도리처럼.

헤어진 연인에게 돌연 전화해서 '보고 싶었다'는 말을 할 수도 없는 노릇이었다. 소현이 채드를 떠나 준모와 사랑을 한 지는 벌써 3개월의 시간이 지나 있었다. 하지만 사실상 둘이 이별을 겪을 때는 그녀가 '시간을 갖자'라는 말을 했었기에, 소현은 채드와 자신이 완전히 헤어진 것은 아니라는 자기 합리화를 했다. 그러한 생각이 들 때쯤 그녀는 망설임 없이 당장 채드에게 전화를 걸었다. 이메일을 할 수도, 메시지를 보낼 수도 있었지만 소현은 고통스럽게 답장을 기다리는 주도권 싸움에 말려들고 싶지 않았다. 소현은 그에게 전화를 걸며 들려오는, 바뀌지 않은 재즈풍의 통화 연결음에 왠지 모를 편안함과 안도감을 느꼈다.

"소현."

전화를 받은 채드가 담담하게 말했다. 그는 발신인이 소현이라는 것을 확인했지만 반가운 기색을 하지 않았으며, 3개월간의 침묵은 그들의 대화를 낯설게 만들 만큼 긴 시간이었다.

"안녕, 잘 지냈어?"

"잘 지냈지."

"당신이 문득 떠올라서 전화했어. 당신이 보낸 이메일을 이제야 봤거든."

"아……. 그거. 잊고 있었네. 보낸 지 꽤나 오래된 것 같은데."

채드는 머리를 긁적였다.

"그땐 내가 그것을 확인할 준비가 되어 있지 않았어."

"준비? 그때의 난 당신과 헤어질 준비가 안 되어 있었는데. 당신은 고작 메일 하나를 확인하는 데 더 큰 준비가 필요한가 보군."

"미안."

소현은 진심으로 사과했다.

"미안이라니, 사과하지 않아도 돼. 당신 공소시효는 이미 끝났어. 이제 우리에겐 서로를 채찍질하고, 연고를 바르는 줄기찬 감정 놀음은 필요 없잖아. 하지만 그저 당신이 왜 전화했는지가 난 궁금해. 당신이 새로운 남자를 만난다는 소식은 들었거든."

소현은 채드가 쌀쌀맞게 구는 원인을 알아냈다.

과거의 기억은 자정작용을 가지고 있다. 사람들은 시간이 흐르면 추악했던 현실도 아름다운 추억으로 남겨지는 경험을 한다. "그땐 그랬지."라고 미소 지으며 과거를 추억하는 것이 가능한 것은 사실 그때의 기억을 온전히, 그리고 완전히 기억하지 못하기 때문이다. 그것은 생생하지 않다. 감정이 연소되면 부식된 사실이 남는다. 하지만 많은 경우에 우리는 잘못 남겨진 사실을 아름다운 감정으로 착각하기도 한다. 실제로 소현이 채드에 대해 기억하는 것은 그때의 현실과는 사뭇 달랐다.

나는 사랑을 했다.	I → ♡
사랑은 아름다운 것이다.	♡ → B
나는 아름다운 것을 했다.	I → B

나는 사랑을 했고 그것은 아름다운 것이다	(I → ♡) → B
여기에서, 사랑은 아름다운 것이므로,	♡ → B
나는 아름다운 사랑을 했다.	I → (B → ♡)

소현의 머릿속에는 과거를 추억으로 회상하는 과정 속에서 위와 같은 논리연산이 작동되고 있었다. 그녀에게는 이

제 과거에 샐러드 볼에 대한 시답지 않은 실랑이 때문에 채드가 자신을 화나게 했던 경험 같은 것은 기억나지도, 중요하지도 않게 되었다. 그녀는 **어쨌건 간에** 아름다운 사랑을 했다. 소현의 이 연산은 아래의 벤다이어그램으로 나타낼 수 있다.

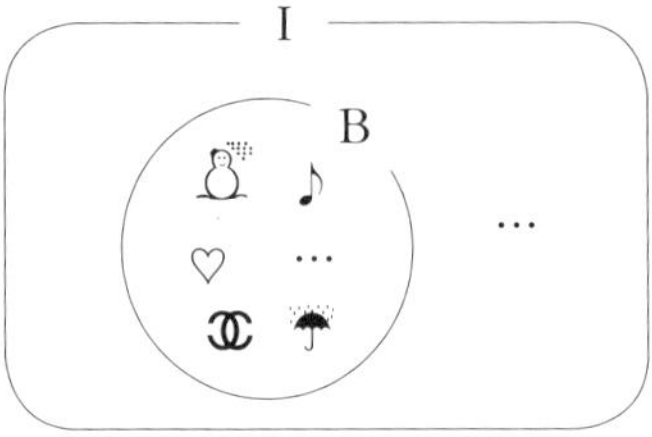

♡(사랑)은 B(아름다움)에게 개별적이다. 그러니까 B 안에는 음악, 눈사람, 비, 샤넬 등등이 있으므로 ♡은 B의 개별자 중 하나에 속한다. B속에 ♡이 속해 있으므로, ♡에게 B는 보편적이다. 그렇기 때문에 모든 사랑은 아름답다.

또한 B는 I에게 개별적이다. B는 I에 속하지만 I에게는 B라는 가치만 존재하진 않는다. I에게 B라는 것을 제외한 가치의 벤다이어그램은 무수히 많다. 추함, 악함, 선함, 더러움, 한심한 등등. 때로는 그것들의 교집합도 가능할 수 있다. 그렇지만 B라는 가치와 그 밑에 속하는 모든 것들에게 I

라는 존재는 보편적이다. 이 증명은 I의 가치판단으로 시작되기 때문이다. 그렇기 때문에 대전제는 '나는 사랑을 했다'가 되고, 소전제가 '모든 사랑은 아름다운 것이다'가 된다. 이 두 전제는 I의 머릿속에서 항진명제가 된다.

곁에 있는 연인이 점점 익숙해지면서도, 새로운 남자와 데이트하지 않았던 그녀는 과거의 남자를 그리워하게 되었다. '그때 우리 참 좋았는데.' 그녀는 채드와 보냈던 시간들이 한없이 로맨틱하게만 그려졌다. 준모에게는 미안한 감정이었지만 자신의 마음을 걷잡을 수가 없었다. 그녀는 그와 만날 때 썼던 다이어리를 펼쳤다. 행복했던 그때의 감정이 다시 느껴지는 것만 같았다. 지금과는 사뭇 다른 사랑의 향기가 신선했다.

'생각해보면 채드와는 3년을 만났지만 다른 사람을 그리워한 적은 잘 없었어.' 소현은 준모와의 연애가 길지 않았음에도 그에게 질려버린 이유에 대해 잘 알 수 없었다. 모든 것을 떠나 그녀에게 단지 가장 중요했던 안건은 다른 사람이 필요하다는 신호였고, 채드가 그에 가장 적합하다는 것이었다. 그녀는 그녀의 감정에 무서운 속도로 합리화를 시작했다.

- 채드는 진중했지만 준모는 장난스러웠다.
- 채드는 스위스 소재 대학의 석사학위가 있지만, 준모는 필리핀 소재 대학의 학부를 중퇴했다.
- 채드는 페라리 458을 탔고 준모는 폭스바겐 골프를 탔다.
- 준모는 채드보다 나이가 많았다.
- 준모는 노후에 대한 준비가 되어 있지 않았다(그의 와인바는 가끔 적자가 났다).
- 채드는 철학과 경제학에 대한 책을 종종 읽었지만 준모는 단지 액션 만화와 와인 잡지를 구독할 뿐이었다.

…

- 모든 면에서 준모보다는 채드가 현저하게 월등하다.

소현은 그녀의 감정을 자신의 이기적인 변덕이 아닌, 준모가 못났던 탓으로 돌리고 있었다. 그것이 아니고서야 자신의 마음의 변덕을 설명할 길이 없었다. 그녀는 자신의 도덕적이지 못한 행동과 변덕스러움을 인정하고 싶지 않았다. 소현은 다시금 채드가 자신의 운명이라고 믿고 있었다. 헤어짐의 원인 또한 생각나지 않았으며, 그것은 어떤 운명의 시련이었고, 만일 그와 다시 만난다면 절대 헤어지지 않을 것만 같았다. 희석된 과거는, 오염된 현실이 되었다.

"할 말이 없다면 이만 끊을게."

하지만 채드는 냉정하리만큼 차가운 말투였다.

"잠시만, 내가 그때 당신에게 생각할 기회를 달라 하지 않았어? 난 아직 우리가 진행 중이라고 보는데. 연락은 좀 늦었지만."

소현은 뻔뻔하게 말했고, 채드는 이루 말할 수 없이 황당한 기분을 느꼈다.

"당신 지금 무슨 말 하는지 알고는 있어? 지금 그 말을 한 걸 나와 당신이 지금 만나는 남자 모두에게 미안해해야 할 거야."

"알아. 난 단지 우리가 다시 시작할 수 있음을 말하는 거야."

"내 상식으로선 이해가 안 돼. 당신에게 난 뭐였어? 난 당신의 보험 취급을 받고 싶지 않아."

"아니야, 그땐 내가 미안했어. 나도 혼란스러웠다고. 그리고 지금 곁에 있는 그는 그저 충동적으로 만났을 뿐이야. 그리고 그것을 통해 진정한 사랑이 당신이었다는 것을 깨달았어."

채드는 한숨을 쉬었다.

"미안하지만 나는 기다린 지 너무 오래되었어."

사랑하는 사람들이 세상에서 겪는 가장 아름답지 못한 착각이 있다. 그것은 바로 '보유효과'이다. 보유효과란 세일러의 이론으로, 사람들이 어떤 물건이나 상태(재산, 지위, 권리, 의견 등)를 실제로 소유하고 있을 때(혹은 소유할 수 있다고 생각할 때) 그것을 소유하지 않을 때보다 높게 평가하는 것을 말한다. 크네시(J. L. Knetsch)와 신덴(J. A. Sinden)은 이러한 보유효과를 실험으로 확인했다. 그들은 실험 참가자들을 반으로 나눠 각각 추첨권과 현금 2달러씩을 주고, 서로 거래할 수 있는 기회를 주었다. 그러나 실제로 거래를 한 사람은 거의 없었다. 양측 모두 자신이 소유한 물건이 상대의 물건보다 좋다고 평가했기 때문이다. 또한, 간혹 회사들이 자신들의 상품을 팔 때 '마음에 들지 않을 시 100프로 전액 환불 보장'이라는 약속을 내거는 것도 이와 같은 경우이다. 상품의 보유효과로 인해 가치평가의 객관도가 낮아지는 것을 이용하는 것이다.

소현은 '채드'를 과거에 보유했던(사귀었던) 경험과, 보유할(사귈) 수 있다는 기대에 그의 가치를 조금 더 높게 환산하는 오류를 겪고 있었다. 사람들은 종종 연인이 있음에도, 혹은 흥미가 있는 사람이 있음에도 여전히 자신을 좋아하고 있는 다른 사람들을 놓지 못한다. 인연을 단칼에 거절하기도, 관계를 정리하기도 어려운 것은 사실이지만 사실 그들은 보유효과라는 착각에 속고 있는 것이다. 그(혹은 그녀)가 다른 사람을 좋아한다면 왠지 씁쓸할 것 같은 기분, 자신이 사랑받고 있다는 특별한 기분, 그(혹은 그녀)를 소유했다는 우쭐한 기분, 단 하나의 완벽한 주도권을 쥐고 있다는 짜릿한 기분. 사람들은 이 황홀한 계륵을 놓치고 싶어 하지 않는다. 그래서 세상엔 소위 어장관리라는 특별 관계망 시스템이 도래했다. 사람들은 보유효과의 마약에 속아 자신의 나일론 어망을 더욱 촘촘히, 더욱 튼튼히 한다. 하지만 이 노력은 결국엔 자신의 욕심과 이기심을 반증하는 것밖에 되지 않는다.

10
기다림의 커튼콜

전화를 끊고 채드는 한동안 멍하게 있었다. 이제 그에겐 그녀에 대한 원망이나 반가움보단 낯설음만이 가득 차 있었다. 그는 그간 자신이 알아왔던 소현과 방금 전의 소현과의 괴리감을 느끼고 있었다. '내가 이런 여자와 3년을 만났다는 걸까?' 채드는 새삼 그날의 헤어짐이 다행스럽게 느껴졌다.

소현에게 이메일을 보낸 뒤 채드의 나날들은 폐인과 같았다. 그는 하염없이 그녀의 연락을 기다렸고, 하루에도 수십 번 이메일 계정에 로그인해 소현의 답장을 기다렸다. 수신확인란의 '읽지 않음' 표시가 그를 가슴 찢어지게 했고 그는 답장 없는 텍스트 메시지를 저주하게 되었다. '그땐 내가 어땠었지?' 그의 마음은 지금 콘솔에 쌓인 먼지처럼 차분하게 가라앉아 있었지만 그는 그때의 기다림의 과정을 롤랑바르트의 식으로 찬찬히 되돌려보았다.

–서막–

그는 처음에는 그것을 대수롭지 않게 여겼다. 그저 한 통의 전화, 편지를 기다리는 것. 그것은 올 수도 있고 안 올 수도 있다. **하지만** 와야만 한다.

그는 이제 막 시계가 여덟 시간 정도 흐른 것을 확인했다. '그녀는 무엇을 하고 있을까?' 그는 그녀가 단순히 늦어지는 것이라고 생각했다.

시간을 세는 것이 무색해질 만큼 계산할 수 없는 기다림의 무게가 찾아왔다. 이제 그는 단순히 그녀를 기다리는 것이 아닌 **걱정**하는 수준에 도달했다.

–제1막–

이제 그에겐 새로운 막이 시작되었다. 그는 **가정**하기 시작했다. '어쩌면 그녀는 메일 주소를 잘못 적었을지도 몰라. 내 메일 주소는 정말 오타가 나기 쉽게 만들어지긴 했지.' '전화를 해볼까? 글쎄 내가 전화를 건 사이에 그녀가 걸면

안 되는데.' '혹시 만성적 고혈압을 가진 그녀의 할머니가 갑자기 돌아가신 걸까?'

그는 여러 가지 상황을 만들어내며 그녀가 늦어진다는 것을 부정하고자 했다. '이렇게 늦어지는 것은 그녀의 진심이 아닐 거야. 그녀는 어떤 상황에 처해 있을 뿐이야.' 그녀가 자신을 일부러 피한다는 것을 인정하고 싶지 않았다. 그러나 상황을 구체적으로 지어낼수록 비참해지는 자신을 발견했다.

—제2막—

그는 점차 **분노**하기 시작했다. '왜 내가 이런 것까지 일일이 생각해야 해!' '그냥 조용히 돌아와주면 되는 것 아니야?' '나를 무시하는 것도 정도껏이지!'

그는 지금껏 자신과 오래간 신뢰를 쌓아온 그녀에게 배신감마저 들었다. 자꾸만 확인하게 되는 컴퓨터를 부숴버리고 싶었고, 벨소리 없는 휴대폰을 집어던지고 싶었다. 그는 자신이 무시받는다고 생각하게 되었기 때문에, 그것에 대해 원망할 무언가가 필요했다.

그는 이제 완전히 버려졌다는 슬픈 감정이 들기 시작했다. 마치 자신이 유기견이라도 된 기분이었다. 그는 어느새 주인에게 버림받은 강아지들에게 감정이입을 하고 있었다. '그들도 모두 사랑받던 존재였을 텐데. 변덕쟁이 주인은 모두 나쁜 사람들이야.' 그는 자기 자신이 측은하기도, 스스로에게 연민의 감정이 들기도 했다. 이제 그녀를 보내주기로 마음먹었고, 마음속에서 죽은 사람으로 취급하기로 했다. 그녀의 존재 자체가 큰 슬픔이었기 때문에, 그의 마음속에서 그녀는 살아 있으면 안 되었다.

기다리는 와중에 채드를 가장 힘들게 했던 사실은 바로 '그녀는 나를 기다리지 않을 것'이라는 확신이었다. 소현을 기다린다는 사실이 채드가 그녀를 사랑한다는 가장 확실한 근거였기 때문에, 그는 소현이 자신을 기다리지 않을 것이란 사실에 매우 힘들어했다. 그녀는 냉정하고, 무관심하며, 침묵했다. '기다리게 함–기다림'이라는 주종의 관계에서 그는 이미 패자였고, 버림받은 강아지에 불과했다.

그는 일말의 환상통 내지는 환상지통(phantom pain)을 느꼈다. 환상통은 이미 절단해서 상실한 장기가 아직 있는 것처럼 느끼고 그곳에 통증을 느끼는 것을 말한다. 채드는 그의 고모할머니를 떠올렸다. 그의 고모할머니는 교통사고로 다리를 절단하는 수술을 하게 되었는데, 그녀는 그 다리가 있는 듯 느끼기도 하고, 심지어 가렵거나 움직이는 느낌까지 느낀다고 했다. 가끔은 있지도 않은 다리의 환상 통증 때문에 밤을 지새우기도 한다고 했다. 그 아픔이 너무나 생생해서, 그녀 자신도 그것이 정신적인 문제인지 혹은 육체적인 문제인지에 대해 알 수가 없었다. 그녀는 매일 비어 있는 자신의 오른쪽 다리를 보면서도 감각만은 살아 있는 기이한 현상을 체험했다.

마치 환상통처럼, 절단을 망각한 안쓰러운 그의 뇌는 자꾸만 소현을 추억하고 있었다. 그는 소현이 어느 순간 아무렇지도 않게 전화를 걸어올 것만 같았다. 그녀가 자신의 옆에서 팔짱을 끼고 걸어 다니는 것만 같았고, 금방이라도 자신의 귀에 사랑의 밀어를 속삭일 것만 같았다. 그녀와 닮은 여성을 좇아가 허탕을 치기도 하고 그런 자신에게 화가 나기도 했다. '왜 나는 그녀를 잊지 못하는 걸까!' 추억은 환상이 되어 자꾸만 그를 괴롭혔다. 메이 사턴의 말처럼, "부재는 최고의 존재감이 된다."

지난 두 달간 그는 치열하게 기다림이라는 명령과 싸웠다. 눈 앞에 밥그릇을 두고 '기다려!'라는 명령 앞에 침을 주르륵 흘리면서도 인내하는 것처럼 훈련된 강아지처럼, 소현은 침묵으로 그를 붙잡아두었고 그는 하염없이 기다릴 수밖에 없었다. 그러나 명령이 효력을 잃는 순간은 늘 있다. 그는 마침내 시간이 지남에 따라 점점 그녀 자체를 망각하는 자신을 발견했다. '이젠 그녀가 없이도 살 수 있을 것만 같아.' 그는 이제 이별을 주제로 한 흔한 유행가를 들어도 눈물이 나지 않았고, 에디트 피아프의 〈Non Je Ne Regrette Rien아니요, 난 후회하지 않아요〉이라는 노래를 들었다. 지루하고 기나긴 극의 막이 올랐다. 관객은 박수를 쳤다. "채드, 내가 말했잖아. 시간이 해결해줄 것이라고. 네가 대견해. 이겨낼 줄 알았어!"

그런 그에게 소현의 전화는 불청객이나 다름없었다. '난 당신을 잊은 지 겨우 한 달도 채 되지 않았단 말이야!' 그에게는 그녀에 대한 반가움보다 기나긴 기다림으로 지쳐있는 마음이 더 컸다. 이제 금방 막을 내린 극은 그녀의 충동적인 전화로 인해 다시 막을 올렸다.

그는 그녀를 원망하면서도 그녀 마음의 진위 여부를 확인하고 싶었다. '더 이상 이 바보 같은 연극을 계속할 수 없어.' 그는 그녀가 놀랍도록 미우면서도 그녀의 연락에 감사했다. 그리고 그녀가 한 말을 다시 떠올렸다. "진정한 사랑이 당신이었다는 것을 깨달았어." 그는 이 말에 새삼 두근거림을 느끼는 자신이 혐오스러웠다. 그의 내적 갈등이 시작되었다.

'정신 차려, 그녀는 마녀일 뿐이야.'

'아니지. 잠시 한 눈을 팔았을 뿐이야. 결국은 나에게 돌아왔잖아.'

'미쳤어! 그녀는 네가 아쉬운 것뿐이야.'

'다시 시작해보면 알 수 있지 않을까?'

'그녀는 결국 너를 다시 기다리게 할 거야. 언제까지 그렇게 바보처럼 살래?'

'인연이라면 돌고 돌아 만나게 되어 있어. 난 그녀를 용서할 수 있어. 막 말로 사람을 죽인 것도 아니고, 그렇게 나쁜 짓을 한 것은 아니잖아.'

'확신할 수 있어? 너를 그렇게 아프게 한 그녀인데. 너를 보류했다는 것은 간절하지 않다는 뜻이야.'

'살아가면서 누구나 한 번쯤은 그럴 수 있어. 그녀도 인간이잖아.'

냉정한 척하면서도 가장 혼란스러운 것은 채드였다. 차

곡차곡 묻어둔 그의 마음의 풍선을 소현이 바늘로 톡 건드려버린 것이다. 급하게 정리한 마음은 미세한 자극에도 너무나 크게 반응했다. 얇은 고무피 하나에 의지하던 풍선은 걷잡을 수 없이 바람이 빠져나갔고, '빵' 소리를 내며 터졌으며, 온갖 종류의 감정이 흘러나왔다. 사랑, 애정, 열정, 욕망, 소망, 행복, 추억, 낭만……. 그는 이것을 다시 재현하고 싶은 강한 욕망을 느꼈다.

'이 혼란을 잠재울 수 있는 것은 그녀뿐이야.'

그는 다시 소현에게 전화를 걸었다.

"지금 어디에 있어요?"

11
관계의 함수

소현은 채드를 만나러 가기 전에 준모를 정리하기로 마음먹었다. 그것이 (늦었지만) 적어도 그 둘에 대한 예의이며, 채드에게 자신의 확신을 증명할 수 있는 길이라고 생각했기 때문이다. '난 당신을 위해 그 사람을 정리하기까지 했어!'

덧붙여 준모와 소현은 서로 간의 핑계로 마지막으로 만난 지가 꽤 되었다. 그녀가 준모에게 전화를 걸었을 무렵은 한밤중이었다. 준모는 전화를 받지 않았고, 그녀는 그의 아파트를 찾아갔다. 오늘 밤 안에는 끝내버려야겠다는 그녀의 결심이 굳건했기 때문이다. 그의 집의 벨을 세 번 눌러도 반응이 없자 그녀는 당황하기 시작했다. 전화도 물론 받지 않았다. 그녀가 마지막으로 문을 두들기려고 하는 순간 갑작스레 그가 튀어나왔다.

"어, 왔어요?"

그는 약간 상기된 얼굴이었다.

"뭐 하고 있었어요, 들어가도 되죠?"

"집이 정리가 안 되어서……."

그녀는 이상한 낌새를 눈치챘다.

"안에 누구 있어요?"

"그게……."

준모는 말을 잇지 못했다.

"다신 전화하지 말아요. 내가 왜 이런 말을 하는지 당신이 더 잘 알죠?"

소현은 준모에 대한 배신감보다, 일이 수월하게 진행되었다는 생각이 드는 자신에게 놀라웠다. 그녀는 문이 열린 작은 틈새로 이불자락을 붙잡고 있는 낯선 여자의 모습을 보았다. 소현의 마음이 서서히 식기 시작할 때쯤 준모도 같은 반응을 보였기 때문에 이 상황이 그녀로서는 예상하지 못할 일은 아니었다. 더군다나 핸섬한 편인 준모의 주위에는 여성이 많았기 때문에 그녀는 그리 놀라지도 않았다. 그러나 그의 본격적인 외도는 그녀를 조금은 당황하게 했다.

그녀는 이 어색한 기류로부터 그저 어서 자리를 떠야겠다는 생각만을 했다. 소현은 준모의 바람에 화도 나지 않을 만큼 무관심하고 무감각해져 있었다.

"잠시만."

준모가 소현의 팔을 잡아끌었다.

"그동안 고마웠어요. 잊지 않을게요."

소현은 갑작스레 눈물이 나왔다. 자신이 미쳤다고 생각하면서도, 그녀는 문득 그녀의 인연이 모두 안타깝게 느껴지기 시작했다. '우리는 무엇 때문에 사랑을 했고 무엇 때문에 잊혀지는 걸까?' 준모와 호기롭게 사랑을 약속한 자신이 애석하게만 느껴졌다.

"한 가지만 물을게요. 언제부터였어요?"

준모가 한참을 망설이다가 약간은 곤란해하는 표정으로 대답했다.

"당신은 그곳에서 우산을 펴지 말아야 했어요."

집으로 걸어오는 내내 소현은 약간은 슬프기도 후련하기도 했다. 그녀에게 후회는 없었다. '짧은 사랑과 짧은 인연에는 그에 비례하는 미련만 남을 것이다'라고 생각하며, 소현은 오히려 자신이 일찍 마음정리를 시작하게 된 것에 감사했다. 그가 괘씸한 것은 어쩔 수 없었지만, 자신들이 그리 될 운명이었다는 것에 위안을 삼도록 했다. '운명.' 이 단어를 떠올리고 그녀는 다시 깊은 생각에 빠졌다. 그가 자신을 만나기 위해 하루 종일 기다렸다는 사실과, 아즈라엘 데이. 하얀 소복……. 그녀는 문득 헛웃음이 나기 시작했다.

'그는 정말로 완벽하게 비유를 수행한 거야.'

소현은 일전에, 준모가 '하얀 소복'의 그녀가 바람을 피웠다고 말한 것을 기억해냈다. 그리고 어쩌면, 그 이야기는 자신을 위해 만들어낸 거짓말일 수도 있겠다는 생각이 들기도 했다. '그는 처음부터 나에게 복선을 주었던 걸 수도 있어.' 혹은 그의 무의식중에 트라우마의 대물림이 일어났을 수도 있겠다는 가정을 하기도 했다. '폭력이 대물림되는 것처럼, 바람도 대물림될 수 있을까?'

할 수 있는 모든 가정과 경우의 수를 생각해낸 후에 그녀는 그저 사랑의 덧없음을 느끼게 되었다. 그리고 준모를 채드와 비교, 평가절하시킨 것에 대한 어떤 죄책감을 느껴도 되지 않음에 감사하게 생각했다. '그는 원래부터 별로인 남자였던 거야.' 그녀는 준모에 대해 생각하기를 그만두고, 채드에 대한 생각을 다시 키워나갔다.

그녀는 그 어느 때보다 채드가 사랑스럽게 느껴지기 시

작했다. 그는 그녀에게 무한한 사랑을 주었고, 엇나간 그녀를 용서해주었으며, 그것이 못난 그녀 자체를 사랑해주는 유일한 감정이라고 믿었다. 이제 그녀에게 채드가 자신의 불만에 공감하지 못하고, 사랑에 대한 비유가 형편없으며, 궁합이 좋지 않다는 등의 조건은 필요 없게 되었다. 모든 고려 조건을 뛰어넘는 사랑에 대한 믿음이 있었기 때문이다. 소현은 그것을 채드로부터 확신했다.

그러나 채드는 초조해져 있었다. 소현은 변함없는 채드의 사랑에 확신을 얻었지만 채드는 그녀의 변덕스러운 사랑 덕에 확신을 얻지 못했기 때문이다. 그녀와 다시 만나더라도, 그녀가 자신의 옆에 영원히 있을 거라는 믿음을 갖지 못했다. 채드는 소현으로부터 만남에 신중을 기해야 한다는 것을 뼈저리게 느꼈다.

소현은 그날 밤 잠에 들기 전에 사랑에 대한 새로운 방정식을 만들어냈다. 그녀는 상대가 바람을 피운다는 낯선 경험으로부터 큰 충격을 받고 있었다. 머핀을 먹다가 갑작스레 흘러나온 눈물이 그 모든 것을 말해주었다. 그녀는 이제 사랑(x)은 아름답다(y)는 $x = y$의 연산보다 조금 더 복잡한 원리를 깨달았다.

그녀에게 사랑은 이제 $y = ax + b$의 공식이었다. y는 관계이고, x는 사랑이며, a는 자기 자신, b는 남자였다. 이제 그녀의 사랑에도 여러 가지 변수가 생겨났다. a는 −일 수도, +일 수도 있으며 b 역시 마찬가지였다. 준모의 경우에는 −였다. 결국엔 그녀 자신도 −였기 때문에 그들의 사랑은 −가 더해져 더욱 깊은 −의 수렁에 빠져버리게 되었다. 그들의 사이는 이제 0에도 다가가지 못하는 악연이 되어버렸다. 그래프는 0을 '등졌다'.

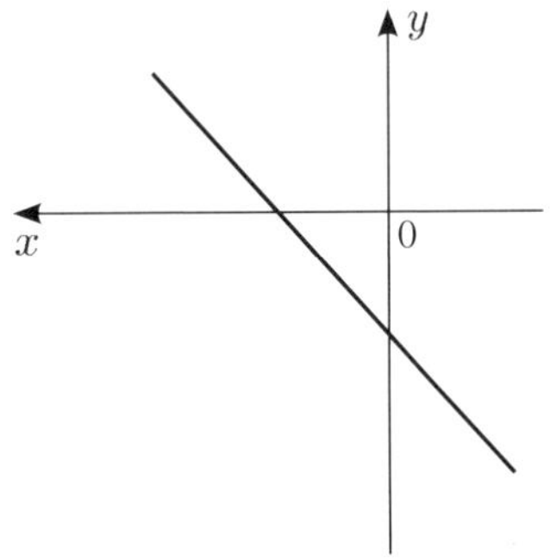

반면 채드와의 사랑은 달랐다. b는 아직 가까스로 0에 다다르는 −이었지만, 그녀는 그 관계를 a의 무한한 +로 상쇄

할 수 있다고 믿었다. 비록 관계의 그래프는 끊임없이 x의 축으로 이동하게 될 테지만 말이다.

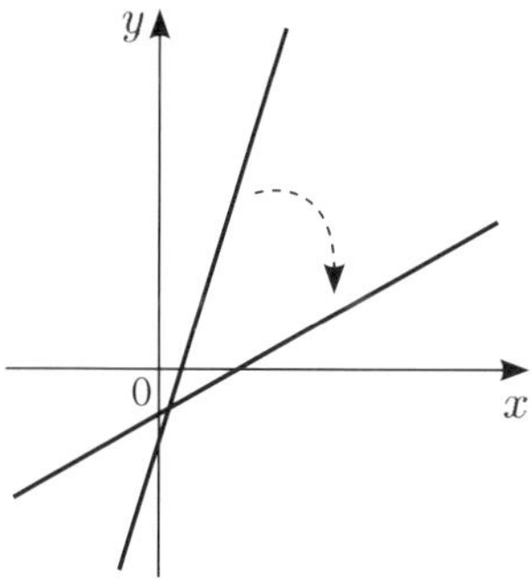

12
채드의 면도날

무턱대고 만나자고는 했지만, 채드는 자신의 마음을 단정 지을 수 없었다. 그는 설레기도 하고, 겁이 나기도 했으며, 더욱 신중해야 한다는 생각에 골치가 아프기도 했다. 그는 '사랑을 하는 것에 가장 중요한 것'이 무엇인지에 대해 혼란스러울 지경이었다. 일을 이 지경으로 만든 소현을 원망하기도 했지만 그 원인은 자신에게 있다며 스스로를 책망하기도 했다.

'사랑을 다시 시작하는 연인들은 어떤 기분일까.' 소현은 생각했다. 그녀는 채드와 다시 만날 생각에 들떠 있었다. 그녀에겐 채드와의 만남이 마냥 기대되는 소풍이었다. 채드를 향한 그녀의 사랑은 초콜릿 무스같이 달콤했던 기억만을 떠올리고 있었다. '살이 찌고, 버터가 많이 들어가고, 그런 건 아무래도 상관없잖아. 맛있으니까 그냥 먹는 거지. 모든 걸 고려하면 아무것도 못 하게 된다고.'

소현을 만나러 가는 날에도 채드는 자신의 머릿속을 정리하지 못하고 있었다. 그의 내적갈등이 다시 시작되었다. 이것이 끝나지 않을 것임을 알기에, 그는 차분히 자신의 마음을 기록하기로 마음먹었다.

6:30 나는 기상했다. 오늘이 디데이라는 것에 문득 설레었다가 곧장 머릿속이 복잡해졌다.

6:42 현관 앞의 신문을 집어 들었다. 활자는 눈에 들어오지 않았다.

6:51 신문을 집어치우고 크루아상 샌드위치를 먹기 시작했다. 그녀와 다시 시작하면 각서를 써야겠다고 생각했다.

7:03 Bull shit! 난 그렇게 신뢰 없는 관계를 시작할 수 없어. 고작 종이 한 장에 관계를 의존할 수 없다고!

7:12 관계를 망친 주범은 나일까, 그녀일까?

7:18 난 아직도 결정을 못 하겠지만, 분명 그녀의 얼굴

을 보면 어떻게 해야 할지 생각이 날 거야. 눈을 보고 대화를 해야 해. 지금으로선 아무것도 할 수가 없어.

7:31 무엇이 나를 이렇게 망설이게 하는 것일까?

7:34 크루아상 샌드위치의 오이 맛이 문득 너무 강하게 느껴졌다.

7:45 그녀는 나와 같은 고민을 해본 적이 있을까?

7:58 오렌지주스가 좋을까, 우유가 좋을까. 이른 아침에 맥주는 좋지 않겠지. 난 냉장고 앞에서 10분을 서성였다.

8:02 어젯밤 비서에게 출근하지 말라고 말하는 것을 깜빡했다. 난 못난 보스다.

8:05 그녀의 풍성한 속눈썹에 대한 두근거림은 내가 그녀를 사랑한다는 증거일까, 아니면 단순한 욕망에 기초한 것일까.

8:11 헤어진 연인들은 같은 이유로 헤어짐을 다시 반복한다고 한다. 그 사실이 나를 매우 두렵게 한다.

8:14 우유 한 잔을 마시고 양치질을 하기로 한다.

8:16 그녀가 했던 잔인한 행동들이 그녀가 진정 나를 사랑하는지에 대해 의심이 들게 한다. "당최! 넌 날 사랑하긴 하니?"

8:17 이 관계는 돌고 돌아 운명이라는 이름으로 다시 만

난 것일까, 아니면 요란스레 튕겨져 나갈 것을 알면서도 숙명적으로 만나게 되는 핀볼 게임의 법칙과 같은 것일까.

8:18 정신분열증 환자가 된 것만 같은 기분이다.

8:20 양치를 하다가 문득 수염이 길게 자라난 것을 발견, 그녀가 보면 싫어할 것 같다.

8:23 면도날을 집어 들어 턱 부근에 갖다 대던 나는 문득 나의 고민을 해결해줄 섬광 같은 인물이 떠올랐다. 그리고 허탈하게 웃어버렸다.

영국의 신학자이자 철학자인 오컴은 복잡하고 광범위한 논쟁에 앞서 무의미한 가정을 제거하는 면도날(Ockham's razor) 이론을 토론에 도입하고자 했다. 이것은 흔히 '경제성의 원리'라고도 한다. 쓸데없는 비약, 불필요한 가정은 배제시켜야하며 단순성의 논리로 상대방을 설득시켜야 한다는 것이다. 여기서 면도날은 두 가지의 의미로 해석되는데, 한 가지는 필요하지 않은 가정을 직접 잘라낸다는 의미이며, 또 한 가지는 그 면도날이 예리할수록 좋다는 의미이다. 설명은 간단할수록, 주장은 예리할수록 좋다는 의미이다.

채드는 마침내 깨달았다. '이 모든 고민은 다 그녀에 의해 나오는 것이 분명해. 그녀를 사랑하기 때문에 모든 것을 고민하게 되는 것 아니겠어?' 그에게는 여러 가설과 가정들 보다 더욱 확고한 진리가 한 가지 있었다. 자신이 그녀를 사랑했고, 여전히 사랑한다는 것이다. 호세 오르테가가 지적했던 것처럼, "진실한 사랑의 본질은 아픔과 고뇌에 있고, 그 크기가 클수록 진실의 크기도 더 클 가능성이 많다." 이제 그에겐 그녀가 자신을 보험 취급했다든지, 몇 개월간 다른 남자를 만났다든지에 대한 것이 모두 상관없게 되었다.

"2,000년 전에 이미 루카누스가 지적했고 또 수백 년 전에 베이컨(Francis Bacon)이 말했듯이 사랑한다는 것은 본질상 운명의 포로가 되기를 자청하는 것이다." 폴란드 사회학자 지그문트 바우만은 이렇게 말했다. 채드는 그 어디보다 강압적인 포로수용소에 갇힌 자신을 발견했다. 그는 소현과의 운명이 어떻게 되든 간에 그녀와 함께하기로 마음먹었다. 비록 자신이 이전처럼 기다림의 철창에서 굶주리고 있더라도 말이다.

채드는 즐거운 마음으로 턱에 난 수염을 말끔히 제거하고는 약속 장소로 향했다. 그들은 '미뉴에트'라는 시내의 한 카페에서 만나기로 했다. 시내의 큰 건물에는 '별안간 꽃이 사고 싶다. 꽃을 안 사면 무엇을 산단 말인가'라는 문구가 쓰인 현수막이 걸려 있었다. 그는 꽃집에 들러 흰색 아네모네와 주황색 장미, 노란색 수국이 들어간 꽃다발을 샀다. 그러고는 그의 차 조수석에 살포시 내려놓았다.

마침내 그들은 다시 만났다. 소현은 채드가 건네준 꽃다발 안에 꽂혀 있던, 작은 카드에 적힌 글을 읽어나갔다. 그것은 에스파냐의 신학자인 이븐 하즘의 『비둘기 목걸이』 앞부분에 나오는 시였다.

신기루에 불과한 모든 인간들의 사랑.
나는 변치 않는 사랑으로 그대를 사랑하노니.
순수하고 흠 없는 사랑을 그대에게 바치노라.
그대의 애정은 내 깊은 곳에 눈에 보이도록 못 박히고 쓰였노라.
만일 내 영혼 속에 그대 말고 다른 것이 있다면
내 손으로 그것을 뜯어내 갈기갈기 찢어내리.
그대에게 원하는 것 오직 사랑뿐.
그것 외에는 어느 것도 원치 않으리.
그대의 사랑을 얻을 수 있다면, 모든 땅과 인간사는
내게는 먼지에 불과하고, 이 땅의 모든 사람은 벌레에 불과할 뿐.

"너무나 고마워. 이런 날……. 난 당신에게 고맙다는 말밖에 할 수가 없네."

소현은 황홀함에 눈물을 흘렸다. 너무나 황홀해서 그녀는 자신이 이런 사랑을 받아 마땅한 사람인지에 대해 의문이 들 지경이었다. 이러한 비이성적인 사랑에 대해 그녀로서는 감사함과 더불어 반성을 느끼지 않으면 안 되었다.

"내가 다 잘못했고, 내가 다 나쁜 년이었어."

"돌아와 줘서 고마워."

채드는 숱한 고민 끝에 선택한 자신의 결정에 대해 말을 아꼈다. 그에겐 그 모든 것이 그저 마음속 무덤에 '묻어두는' 것으로 설명 가능했다. 그리고 그것은 그 잠재성만큼이나 위험했다.

그들은 이제 새로 시작하는 연인처럼 설렘을 느끼면서도, 서로를 알아가야 한다는 배움에 대한 피로가 없었다. 그 관계는 매우 효과적인 것이었다. 그것은 서로에 대한 환상은 제거된 채로, 애틋하면서 익숙하기도 했다. 그것을 가능하게 한 것은 그들에게 있었던 짧은 공백이었다. 사랑의 보존에는 별거, 거리 두기가 필요하다는 오토 바이닝거의 주장이 효과적으로 맞아떨어졌다. 3개월간의 장기적이고도 강제적인 무관심과 잘려나간 서로에 대한 지식은 그들을 마치 기억상실증 환자처럼 행동하는 것을 가능하게 했다. 그들은 사랑하지 않았었던 것같이 사랑했고, 잊지 않은 것처럼 기억해냈다.

13
소프트 아이스크림이 필요한 시간

소현은 언젠가 채드가 했던 '빌트인'의 비유에 대해 크게 실망했던 일을 말하고 있었다.

"있잖아, 당신 공대 출신인 것을 너무 티내지 마. 정말로 낭만도, 재미도 없다고."

"이거 뒤통수 맞은 느낌인데? 그때는 완벽하다고 했잖아."

"이것 봐. 당신은 눈치도 없어. 이러니 내가 떠나지 않고 안 배겨?"

그들은 이제 헤어졌다는 사실조차 농담이 되는 익숙한 커플이 되었다. 소현은 와인빛 나시에 도트무늬 반바지 차림으로 그녀의 흰색 소파에 누워 있었다. 논문학기에 들어선 그녀는 반 강제적으로 여러 문헌들 위에 '뒹굴고' 있었다. 채드는 그녀의 고양이 재스퍼와 쥐 모양의 장난감으로 장난을 치며 놀아주고 있었다. 그녀는 그 모습이 아이와 놀아주는 아빠의 모습과도 겹쳐 보여서, 그와 결혼해도 나쁘지 않겠다는 생각을 하기도 했다.

그녀는 한없이 평화로운 기분을 느꼈다. 날씨는 좋았고, 관계는 돈독했으며, 덕분에 쓸데없는 감정적 소비를 하지 않아도 되었고, 공부에 집중도 잘 되었다. 그들은 마트에서 레몬과 자몽의 향기를 맡으며 쇼핑했고, 아침마다 프랑스산 뮤즐리를 요거트에 넣어 먹으며. 때때로 주말에는 가까운 영화관에서 심야영화를 즐기고 잠이 들었다. 털갱이 재스퍼를 목욕시키고, 채드는 시간을 내서 소현의 영어 과외를 자청하기도 했으며, 저녁을 배불리 먹은 날엔 주변 공원을 가로질러 산책을 했고, 소현은 채드에게 일본 식료품점에서 산 생강 진액으로 진저에이드를 만들어주기도 했다.

"당신은 왜 나를 좋아해?"

소현이 머리를 손으로 빗으며 물었다.

"왜라니, 글쎄. 그것을 쉽게 정의할 수 있을까?"

채드가 지난 주말에 구입한 로봇 청소기를 작동시키며 말했다. 그는 그것을 마치 살아 있는 강아지마냥 취급하며 졸졸 쫓아다니기도 했다.

"나는 당신에게 나쁜 짓을 많이 했잖아. 제멋대로고. 당신에게 상처만 줬는걸."

"그러게 말이야. 난 가끔 내가 멍청이 같기도 해. 내 친구들도 항상 그렇게 말하고."

채드가 무심하게 얘기했다.

"그럼 내가 나쁜 짓을 할 때 나와 끝낼 생각은 없었어? 다시 돌아왔을 때도 거절할 수 있었잖아."

"고민을 많이 했지. 하지만 난 여전히 당신을 사랑하더군. 그 뿐이야. 내 행동의 근거는 내 마음에 대한 본질적인 믿음 하나였어."

채드가 다시 소현에게 물었다.

"당신은 왜 날 좋아해?"

소현이 턱에 손을 갖다 대고 고민하며 말했다.

"음. 세상 어디에도 당신 같은 사람이 없을 것 같아서 말이야. 당신만큼 날 아껴주고, 날 위해주는 사람은 정말 없을 거야."

"나도 마찬가지야. 이제 나에겐 당신이 어떤 유일한 의미가 되었어. 어떤 논리로도 환원할 수 없는 의미라고나 할까. 이유를 말하는 것이 무슨 소용이 있겠어."

"사랑이라는 것이 원래 그렇지. 이성적으로는 따져볼 수가 없다고."

"당신의 깊은 황갈색의 눈동자, 영국 귀족처럼 예쁘게 솟은 버선코, 주름 없이 탱탱하고 얇은 입술, 탱글탱글한 머릿결, 이런 것들을 사랑한다고 말할 순 없어. 난 맨 처음 당신에게 한눈에 반했을 때 느꼈던 감정보다 훨씬 값지고 귀중한, 당신이 가진 모든 것을 사랑해. 설사 그것이 변해버린다고 해도 말이야. 난 그게 무엇인지, 복합적인 것인지, 단순한 것인지 조차도 모르겠어. 하지만 내겐 그게 바로 당신을 사랑한다고 말할 수 있게 하는 가장 유일한 의미 같아."

"물이 모이면 아름다운 바다가 되기도, 구름이 되어 무서운 폭풍우로 내리기도 하지. 사랑은 그저 그런 물 자체인 것 같아."

그들은 사랑의 의미 안에서 헤엄치고 있었다.

주중에는 서로 시간을 내기가 어려웠기 때문에, 둘은 주말에 갈 수 있는 여행에 대해서 논의하고 있었다. 더군다나 그 주엔 추석이 껴 있었기 때문에 5일 정도는 함께 여행할 수 있는 시간이 생겼다(둘은 가족 모임에 잘 참여하는 편이 아니었기 때문에 그들의 부모님은 그들을 줄곧 바람의 자식이라고 불렀다). 소현은 파리의 쁘랭땅 백화점과 르 퓨어 카페(영화 〈비포 선셋〉의 촬영지)를 보고 싶다고 했다. 채드는 대학생 시절 유럽 전역을 여행한 경험이 있었지만, 3일간만 머물렀던 프랑스에 대해 아쉬움이 남아 있었기 때문에 흔쾌히 동의했다.

파리로 떠나기 전 둘은 리모와의 철제 캐리어 24인치 사이즈를 커플로 맞춘 뒤(소현은 28사이즈가 더 좋을 것 같다고 툴툴댔다) 각자 가져갈 짐들에 대해 정리해보았다.

그	그녀
• 반팔티셔츠 3벌과 바지 2벌 • 속옷 5벌과 양말 5켤레 • 치약, 칫솔 • 안경 케이스 • 얇은 후드 1벌 • 신발은 여분 없이 나이키를 신고 감 • 스킨로션 여행용 세트 • 여권	• 원피스 2벌, 블라우스 1벌과 티셔츠 1벌 • 치마 1벌과 면 반바지 1벌, 청바지 1벌 • 얇은 니트 1벌, 가디건 1벌 • 트렌치 코트 1벌 • 가죽 부츠와 핏플랍 슬리퍼 • 벤시몽 스니커즈와 하이힐 1켤레 • 속옷은 세트로 5벌, 여분의 면 팬티 2벌

• 무색의 스틱 립밤 • 이정하의 얇은 시집 1권	• 끈 나시 3장 • 월포드사의 스타킹 5묶음 • 반짝이는 레드 클러치 • 화장지와 물티슈, 면봉 • 상비약(소화제, 진통제, 지사제, 인공누액 등), 반창고 • 소매치기 방지용 손가방 • 튜브 고추장과 컵라면, 고추참치 캔 • 멀티 탭, 멀티 어답터 • 안경과 일회용 렌즈 7세트 • 옷걸이 4개 • 지퍼백 여분 • 여권, 여권케이스, 여권 사본 • 섬유 탈취제 • 세면도구(클렌징 오일, 세안 클렌져, 칫솔, 치약, 샴푸, 린스, 트리트먼트, 샤워 타올) • 수건 3장 • 디지털 카메라와 충전기, 여분의 배터리 • 기내용 마스크 팩 3장 • 로션, 수분크림, 페이스용 선크림, 바디용 선크림, 에센스와 미스트 • 여행을 위해 구매해두었던 입생로랑의 메이크업 파우치 키트 • 귀여운 잠옷 1벌

	• 여행을 기록할 일기장과 펜 • 동전지갑, 목걸이 지갑, 카드지갑 • 작은 스프레이 공병에 향수 2종류 (아닉구딸과 조말론)를 덜어감 • 고데기 • 갈색 가죽시계 1개, 실버 메탈시계 1개 • 여행가이드 책 2권

"달링, 정말 이게 다 필요한 것이 맞아?"

채드가 그녀의 목록을 보며 놀라서 물었다. 그는 최대한 그녀의 성미를 건드리지 않도록 노력했다.

"당연하지, 개중에 뺀 것도 얼마나 많은데. 내 캐리어 사이즈 덕분에 많이 양보한 거라고."

소현이 눈으로 목록을 체크하며 말했다.

"이건 캐리어에 모두 다 안 들어갈 것 같은데……."

"걱정 마, 난 할 수 있어. 그리고 만약을 위해 보스턴백도 준비할 거고."

소현이 핑크색 송아지 가죽의 보스턴백을 두드리며 말했다.

'당신의 그 무거운 보스턴백은 내가 짊어지게 되겠지.' 채드는 마음속으로 생각했다.

"음, 나는 여기 이 일기장과 펜이 없어도 될 것 같은데, 수건도 호텔에 있을 거고. 상비약도 아마 가까운 약국이 어디든지 있을 거야. 우리는 자주 아프지 않잖아."

"밤중에 갑자기 열이 펄펄 끓으면 어떡하려고 그래! 프랑스 음식이 몸에 맞지 않아서 소화가 안 된다든지, 석회가 섞인 물에 적응이 안 되서 설사를 한다든지 할 때 약을 구할 수 없다면 모든 것을 두고두고 후회하게 될 거야. 준비성 있는 여자친구를 감사히 여겨줘."

"그래, 그렇다면 이 패션아이템들은……. 겨우 5일이라고, 5일. 당신은 모두 입지도 못할 거야."

"과하긴 한 것 같지만, 그래도 난 파리에서 후줄근하게 있는 내 모습을 떠올리고 싶지 않아. 코인 세탁기에 옷을 빨아 입는 초라한 여행자 행색을 하고 싶지 않다고. 그리고 나는 제주도로 2박 3일 여행을 할 때도 이 정도는 해."

소현은 채드의 예상대로 그녀의 철저한 준비성(혹은 과도한 욕심) 때문에 캐리어가 넘쳐날 지경까지 짐을 싸고 있었다. 그녀는 아쉬운 대로 일기장과 수건 2장, 책 2권, 티셔츠 1장, 핏플랍과 시계를 포기했다(그녀는 레드 클러치를 절대로 포기할 수 없었다). 마음 같아선 태플릿 피시까지 가져가고 싶었지만 그녀의 수납 공간이 허락하지 못했다.

그들은 탑승 수속을 마치고 비행기에 올라탔다. 소현은 면세점에서 구입한 화장품들을 되는 대로 그녀의 보스턴백에 쑤셔넣었고, 채드도 레이벤의 간단한 선글라스 하나를 구입했다. 그는 복도 자리를 소현에게 양보했다. 그녀는 비행기가 이륙하고 대기권에 진입하고 난 뒤 15분간 말끔한 하늘을 감탄했다. 기내의 안전수칙, 판매책자, 승무원으로부터 받은 타임지 등을 찬찬히 살펴본 뒤에 소현은 기내용으로 준비한 마스크 팩을 붙이고 잠이 들었다. "여긴 너무 건조해." 그녀는 잠꼬대 비슷한 혼잣말을 했다. 채드는 기내에서 틀어주는 영화를 보다가 잠이 들었다.

비행기에 탔다는 것을 잊을 정도로 한참을 잔 후에야 그들에게 식사의 기회가 주어졌다. 기내식으로 버터 향 가득한 크루아상과 블루치즈를 포함한 치즈 종류 몇 가지, 플레인 요거트, 하몽과 알알이 발려진 포도알들이 사기 그릇에 담겨 나왔다. 그들이 떠 있던 3만 피트 상공은 아침이었기 때문에 식사는 간편한 편이었다. 소현은 작은 단지 모양으로 된 딸기잼이 귀엽다고 생각했다. 그들은 비몽사몽으로 아침식사를 즐긴 뒤 다시 잠에 빠져들었다. 기내의 무기력한 분위기가 그들을 먹고 자는 것 외에 아무것도 하지 못하도록 만들어주었다.

"홍상수의 영화를 본 적 있어?"

뇌가 멀뚱멀뚱해진 그들은 무료한 시간을 달래기 위해 읽을거리를 손에 잡았지만 이내 치워버리고는, 소현이 가져온 카드로 원카드 게임을 하고 있었다.

"응, 한 번 본 적 있지. 근데 자세히는 못 봤어. 매니큐어를 바르고 있었거든."

소현이 다이아몬드 J와 8의 카드를 연속으로 내며 말했다.

"왼손의 중지까지 칠했을 때쯤 보니 아까와 똑같은 장면이 반복되더라고. DVD가 잘못된 건가 싶었지."

소현의 말이 재밌다는 듯이 웃던 채드가 다이아몬드의 7을 내며 말했다.

"그래 그건 분명 비슷하지만, 똑같진 않았을 거야. 참, 난 클로버로 바꾸겠어."

"무슨 차이가 있었는데?"

"글쎄 그건 미묘하게 다른 차이였지. 나도 정확히 기억은 안 나지만, 그리고 그것을 연쇄적으로 보여주는 공간이 꽤 중요하다고 생각해."

"음……."

소현은 클로버의 카드가 나오질 않아 연신 카드 뭉치에

서 카드를 한 장씩 가져가고 있었다.

“영화나 문학에서 의식의 흐름 어쩌고 기법이라며 기승전결도 없는 것들이 있긴 하지. 몰입도가 굉장히 떨어지긴 하지만 말이야. 예술적이라고 칭송받는 것을 보면 나도 뭔가 다른 것이 있다고 인정해야 할 것만 같기도 해. 하지만 난 아직은 〈러브 액츄얼리〉 같은 영화가 더 좋아.”

소현이 마침내 클로버 A의 카드를 획득하고 가까스로 포커페이스를 유지하며 말했다.

“응, 물론 그들은 다른 분야일 거야. 내가 공대에서 생명공학을 전공하고 당신은 서양화를 전공했던 것처럼. 각자 자신을 표현할 수 있는 분야와 그 잠재력이 다른 것이겠지. 타고났든, 후천적이든. 누구는 서사적으로 말하는 것을 잘하고 누구는 혼잣말을 잘하는 걸 거야. 마치 머릿속으로 마인드맵을 그리듯이 말이야. 뭐가 더 좋다 나쁘다는 말할 수가 없지. 서로 다른 것뿐이니까.”

채드는 클로버 K와 하트 K, 하트 2를 연달아 내며 말했다. 소현의 카드는 이제 언뜻 봐도 20장을 훌쩍 넘어서 있었다.

“살살해, 너무한 것 아니야?”

소현이 A를 낼 기회를 잃고는 실망하며 말했다.

"나도 아직 5장 정도 남았어. 아직 모르는 거야."

"이건 마치 운명의 장난 같네."

소현이 알록달록한 카드 속에서 가까스로 하트 3을 찾아내며 말했다.

"근데 난 사실 그것들이 의미하는 바를 잘 모르겠어. 분명 생각을 많이 하게 되기는 하는데, 결론은 쉽게 나지 않더라고."

"뭐 꼭 의미를 찾아야 하나. 도스토예프스키가 말했듯이, 우리는 삶의 의미보다 삶 그 자체를 사랑해야 할 거야. 영화도 마찬가지일 거고."

"하지만 영화라는 건 분명 메시지가 있어야 하는 것 아니야? 내 말은, 무언가를 결론짓고 전달해야 그 영화가 존재하는 이유 아니냐는 거야. 근데 그것을 똑똑한 소수의 사람들만 알아챌 수 있다면 전국의 상영관에서 개봉될 필요가 없지."

"쉽게 얻은 교훈은 쉽게 망각되는 법이야. 당신이 〈어바웃 타임〉을 본 일주일간은 정말 효녀였던 것처럼. 가족한테 잘하고, 시간을 잘 쓰고. 이건 누가 몰라? 두 시간도 채 되지 않는 영상 주제에 결말을 확실히 내리는 쪽이 더 유치한 것 같은데."

"좋아, 이제 영화마저 스파르타구나. 하지만 영화에는 교훈을 넘어서는 것이 분명히 존재해. 사람들은 그것을 감성이라 부르지."

"그 빌어먹을 감성 때문에 존재하지 말았어야 할 영화도 수북이 쌓여 있지. 인상적이지 않은 경험에 표현력을 낭비할 이유는 없어."

"당신이 뭔데 그런 걸 정해? 그런 건 다 주관적인 거야."

"그래. '주관적으로' 당신과 함께 본 영화는 대부분 인상 깊지 않았어."

"거짓말. 당신 나랑 〈7번방의 선물〉을 보다가 울었잖아?"

"눈물은 나오지. 양파 들이대는 것과 다를 바 없으니까!"

승무원이 카트를 끌며 그들에게 간단한 스낵을 권했지만 둘 다 거절했다. 소현의 카드는 이제 막 7장이 되어 있었다.

"당신은 미대를 다녔음에도 바스키아를 모르고, 건축학을 공부하면서도 예술의 본질을 찾지 않는군."

"그래, 맞아. 내가 꽤 모순적이지. 하지만 당신도 만만치 않을걸. 공대를 나왔지만 컴퓨터를 나보다 잘 못 만지잖아. 그건 직무유기라고."

"그건 편견이야. 공대생이라고 모두 컴퓨터를 잘 다루지 않아."

"나도 마찬가지야. 당신의 편견이 사회의 정설인 양 취급하지 말아줄래? 꼭 무식하다고 욕하는 것 같거든."

"난 당신 비난한 적 없어. 그렇게 느꼈다면 그건 당신의 피해의식이겠지."

"하! 그래. 나는 아주 무식한 여자라 당신 하는 말에 혼자 뜨끔했어. 이렇게 인정해야 당신 마음이 편하겠니?"

소현이 테이블에 신경질적으로 카드 3장을 연달아놓으며 말했다. 마지막 카드는 스페이드 A였다. 이에 채드는 당황하지 않고 흑백 조커를 냈다.

"미안. 당신이 다 먹어야겠네."

채드가 어깨를 들썩이며 얄밉게 말하자 소현이 목소리를 부들부들 떨며 말했다.

"그거 알아? 내가 보기엔 그 어려운 영화들에 알짱거리는 사람들이, 다들 지적 허영심에 사로잡힌 사람들 같다는 거. 니체를 옆구리에 끼고 핸드폰으로 애니팡이나 하는 사람들처럼 말이야. 실제로 잘 알지도 못하고, 깊게 파고들지도 못하면서 그저 그 괴상한 영화 하나 보았다는 이유로 자신이 심오한 예술 세계를 이해할 줄 아는 사람인 양 스스로를 포장하지. 결국 엔딩 크레딧에는 나처럼 졸고 있으면서 말이야!"

소현은 카드를 테이블에 신경질적으로 내려놓으며 더 이상의 게임을 거부하고는 등을 돌려 담요를 머리끝까지 덮어 올렸다. 약간은 소란스러워진 그들의 대화에 아이가 깨서 울고 있었다. 채드는 테이블 위에 그녀가 내려놓은 3장의 카드를 바라보았다.

둘은 숙소에 도착할 때까지 입국 수속에 관한 몇 가지를 제외하고 대화를 거의 하지 않았다(소현은 당장이라도 호텔의 다른 방을 잡고 싶었지만 그녀의 예산이 허락하지 않았다). 소현은 호텔에 도착하자마자 자신의 캐리어를 내팽개치고 클러치에 간단히 짐을 챙긴 뒤 무작정 길을 나섰다. 정처 없이 걷는 길에는 파리의 우울한 미소가 있었다. 약간은 쌀쌀한 날씨에 트렌치코트를 입지 않은 것을 후회하며, 그녀는 곧장 낯설게 생긴 택시를 잡았다.

방 안에 홀로 갇힌 채드는 분명 소현의 성미를 건든 것에 후회하고 있었지만, 그녀를 잡을 용기가 나지 않았다. 심신이 지친 그는 귀찮은 감정까지 들기도 했다. 하지만 자신이 나서지 않으면 악화될 상황이 더욱 두려웠고, 이내 문을 나서기로 결심했다. 그는 소현이 갈 만한 곳을 알고 있었다.

베르사유 궁전은 넓디넓었다. 아름다움에 압도당한 그는 소현을 찾는다는 핑계로 구석구석 관광을 하는 지경에 이르렀다. 화려함의 극치를 보는 그의 눈이 팽팽 돌고 있었다.

"재덕, 재덕이 맞지?"

아름다운 건축물을 넋 놓고 구경할 수 있는 여유를 주지 않던 인파 속에서, 그는 낯익은 목소리를 들었다. 그의 고등학교 친구 철수였다. 그는 프라이머리의 음악을 즐겨듣는 한의사였다. 채드는 그를 3년 전에 마지막으로 보고 간간히(혹은 간신히) 연락만 주고받고 있었다.

"여기서 다 보다니, 정말 반갑네!"

"그래, 혼자 왔어?"

"아니, 분명 둘이서 왔지만 지금은 보다시피 혼자야."

채드가 눈썹을 들썩이며 말했다. 그의 말을 들은 철수가 박장대소를 했다. 한참을 웃는 철수 덕에 채드는 마음이 약간 상할 지경이었다.

"이봐, 나 지금 매우 심각한 상황이라고. 애인한테 버림받은 남자 이렇게 잔인하게 비웃기야?"

"미안, 정말 미안. 근데 이걸 들으면 내 웃음에 기분 나빠하지 않아도 될 거야. 지금 나도 똑같은 상황이거든."

철수는 유럽에 신혼여행을 온 상태였고, 파리가 두 번째

도시라 했다. 그의 신부 미영은 자신의 지갑이 철수에게 있다는 것도 잊은 채 뒤를 돌아 달렸다.

"그래서 따라갈까 말까 망설인 사이에 그녀는 어느새 내 시야에 없더라고. 쪼리를 신고 달리는데 어찌나 파닥대던지. 지금은 미안해 죽겠어. 고작 그 마카롱이 뭐라고, 지금 어디에서 뭘 하는 건지, 히피 깡패를 만난 것은 아닌지 너무나 걱정돼."

"걱정하지 않아도 될 것 같은데, 그녀는 분명 무사할 거야."

채드는 철수의 아내 미영의 사진을 보며 자신도 모르게 말하고 있었다. 미영은 다부진 몸매의 은퇴한 격투기 선수였다.

"보기에는 그렇게 보여도 얼마나 섬세하고 여린 사람인데. 그러는 너는 왜 그런 꼴이야?"

"뭐, 카드 게임을 하다가."

"아, 그깟 거 그냥 져주지 그랬냐. 너 그렇게 안 봤는데 은근 쫌생이 같은 면이 있어."

"그래그래. 맞아. 다 내 잘못이야."

둘은 어느새 벤치에 걸터앉아 맥도널드의 소프트 아이스크림을 먹고 있었다. 파스텔톤의 풍선을 든 금발의 여자아이가 엄마 손을 잡고 걸어가고 있었다.

"근데 그거 가지고 뛰쳐나간 제수씨도 보통은 아니시네. 너넨 자주 싸우니?"

"자주는 아니지만, 가끔. 그게 자주인가?"

"있잖아. 나도 우리 와이프랑 엄청 싸웠어. 결혼 준비할 때는 말도 못했지. 근데 항상 지나고 보면 말이야. 싸울 일도 아니고, 열낼 일도 아닌데 왜 싸웠는지 기억도 안 난다니까. 우리는 그 갈등을 쉽게 해결하는 법을 알고 있으면서도 그렇게 하지 못하는 거야."

"우린 분명 감정이 있으니까. 이성으로 하루를 살면 싸움은 없겠지만 사랑이 없겠지."

"그래, 사랑하니까 다투게 되는 것은 맞아. 근데 말이야. 지금도 그렇고 항상 그 다툼이 늘 겪어오던 것이라는 것을 느껴. 데자부처럼 늘 반복되는 것 같달까. 레퍼토리도, 스토리도 모두 리메이크 작품처럼 진부하지. 언제나 도입부만 미묘하게 바뀔 뿐."

철수가 그의 아이스크림 표면에 코팅된 초콜릿을 핥으며 말했다.

"결국에는 둘이 타협할 수 없는 어떤 지점에서 항상 끝이나. 아주 본질적이고도 심층적인 것 말이야. 다툼이 시작되는 소재는 다르지만, 어느 순간 결국 가장 핵심적인 것에서 다투게 되는 우리를 발견하게 돼. 언제나, 어떤 식으로든 그 쪽으로 연결이 되지."

"맞아. 예를 들자면 미영은 자신이 대학을 안 나왔다는 이유로 내가 하는 모든 말이 은근하게 자신을 무시한다고 생각해. 아까도 그런 이유로 싸웠단다. 그녀는 은퇴 스트레스로 인한 폭식으로 당뇨기가 살짝 있었어. 건강에 안 좋으니까 단것을 그만 먹으라고 했지. 알잖니? 여기가 좀 디저트의 천국인 거. 그랬더니 그녀는 '내가 아무리 못 배웠어도 단것이 건강에 좋지 않은 것은 안다'며 자기한테 잘난 척 좀 그만하라더군."

"나도 마찬가지야. 내가 말하는 영화가 어려운데 자기는 그것이 이해 안 되고, 그게 잘난 척이라나. 난 사실을 얘기한 것뿐인데 말이야."

"괜히 그런다니까 여자들은, 괜히."

철수는 이제 아이스크림콘의 밑동 부분을 갉아먹고 있었다.

"그래 정말 달라. 남자와 여자는 정말 다르지. 생각하는 것도 말하는 것도 받아들이는 것도. 괜히 어느 별에서 왔냐고 묻는 게 아니야. 정말이지 너무나 낯설거든."

“그나저나 그녀가 어디 가 있을지 생각은 해봤어?”

채드가 물었다.

“그러게. 전혀 감이 안 잡혀. 핸드폰도 나에게 있고. 너는?”

“비행기 안에서 무슨 성을 가고 싶다기에 무작정 베르사유로 왔거든. 근데 아무리 봐도 없는 것 같아.”

“무슨 성? 음, 그럼 샹티이 성에 가보는 게 어때? 제수씨라면 그곳을 분명 좋아할 거야. 여자들은 그곳을 좋아하더라고.”

철수는 줄곧 소현을 제수씨라고 불렀다.

“샹티이 성? 가볼게, 고마워. 너는 어디로 갈 거야?”

“음, 내 생각엔 미영이 왠지 호텔 문 앞에서 죽치고 있을 것 같다. 그래놓고 나한테 늦었다고 화낼 것 같네. 짝다리를 짚고 껌을 짝짝 씹으면서 말이야.”

그들은 간단한 작별인사를 한 뒤 각자의 길로 향했다.

14
마법의 성은 소강 상태

잉꼬부부 같은 백조 두 마리가 유유히 연못을 떠다니고, 고니 떼가 줄지어 잔디 위를 느리게 걸어가고 있었다. 채드가 서둘러 도착한 샹티이 성의 푸른 녹지는 담백하면서도 웅장했다. 그가 떠나온 베르사유 궁전보다 규모는 작았지만, 넓디넓은 호숫가에 떠 있는 고요한 성의 모습이 백조처럼 우아하고도 고고하게 보였다. 치밀하게 장식된 성을 보고 있자니 그는 헨델의 〈시바 여왕의 도착〉이 자신의 귓가에 울리는 것만 같았다.

'소현이라면 분명 여기로 왔을 거야.'

채드는 샹티이 성의 푸른색 지붕을 보며 확신했다.

채드는 하모(Hameau)라고 불리는 샹티이 성의 농가를 따라 죽 걸었다. 끝없이 이어진 잔디에 잘게 떨어진 갈색 나뭇잎들과 싱그럽게 피어난 코스모스가 한층 운치를 더했다. 청정해 보이는 영국식 정원을 따라 오리들이 평화롭게 뛰어놀고 있었다. 그는 오리와 가까운 개울가에 잠시 다가갔다. 물고기 두 마리가 티격태격 헤엄치고 있었다. 아찔하도록 현실을 잊게 하는 위험한 평화로움 앞에서 그는 잠시 다리가 멈췄다.

"용케 여길 찾아왔네?"

소현이 어느새 채드 옆에서 말을 건네왔다.

"소현, 걱정했잖아. 말도 없이."

채드는 그녀의 목소리를 듣자마자 그녀에 대한 미운 감정이 전부 사라지고, 성을 옮겨 다니느라 고생한 기억도 나지 않는 신기한 망각을 경험했다. 소현은 대수롭지 않다는 듯 그에게 샹티이 크림이 올려진 커피를 권했다.

"그러게, 처음부터 왜 안 잡았어? 그럼 고생할 일 없잖아. 하긴, 남자들이란 괜한 자존심 세우느라 후회할 짓 정말 많이 하지."

틱틱대는 소현의 말에 그는 말없이 머그에 담긴 커피를 한 모금 마실 뿐이었다.

"그래서 늦었구나?"

소현이 퉁퉁거리며 말했다.

"철수랑 아이스크림콘을 먹긴 했지만 그렇게 긴 대화를 한 것은 아니었어. 더군다나 걔가 이곳을 알려줬고. 그 친구 아니었으면 당신 데리러 못 왔지."

"당신 내가 비행기 안에서 여기 오고 싶다고 한 말은 기억도 안 나지? 자체 내비게이션은 원래 꺼두나봐?"

조잘거리는 소현 옆에서 채드는 어쩐지 평화로운 기분을 느꼈다.

"외국 관광지는 이름이 어려워서 늘 헷갈리지 뭐. 당신 말을 귀담아 듣지 않는 게 절대 아니야."

그들은 어둑해지는 성을 떠나 파리 시내로 향하고 있었다.

"내가 심술 맞은 거 당신이 제일 잘 알잖아. 누구보다 외로움 잘 타는 것도 잘 알거고."

소현이 툴툴거리는 말투 없이 말했다.

"찾아와 줘서 고마워. 당신이 기억할 수 있을까, 기억해 줄까. 다시 돌아갈까. 많이 망설였거든."

"엇갈리지 않은 게 다행이네."

"그러게 말이야. 아까 물고기 보면서 그런 생각 했어. 구정물이어도, 냄새나도 좋으니까, 그냥 당신이랑 같이 헤엄치고 싶다. 그래서 그게 썩은 물인지도 모르게, 알아도 다 잊어버리게, 그만큼 당신이랑 행복했으면 좋겠다고 말이야."

"난 구정물 싫은데? 웬만하면 우리 1급수에서 살자."

채드가 장난스럽게 말했다.

"무드 없긴, 당신은 아까 개울가에서 무슨 생각 했는데?"

"얘네들은 몸집도 작고, 뇌도 작고, 멍청해서 행복하겠구나."

"좋아, 내가 결국엔 물고기 따위를 부러워하는 남자 손에 이끌려가고 있네."

"아니, 농담이고. 걔네가 그냥 우리 같아서 말이야. 입으로 서로의 비늘을 툭툭 건드리며 티격태격하기도 하고, 한 놈이 뒤꽁무니를 쫓아가기도 하고, 빼끔빼끔 먹이도 먹다가, 홱 돌아섰다가, 같이 헤엄치고. 자기가 간 자리가 어딘지도 모르고 뺑뺑 돌면서, 비슷한 구역만 헤엄치는데 걔들은 결국 거기가 바다인 줄 알겠지. 그러다 또 한 놈이 꽁무니를 쫓다가, 한 놈은 도망가다가, 다시 헤엄치다가. 그런 게 씁쓸하기도, 한편으로는 사랑스럽기도 하고 말이야."

둘은 말없이 걸었다. 계단을 지나, 성의 대문으로 나섰다.

"결국엔 그런 것들이 그 영화 같지 않아? 우리가 다투게 된 그 영화 말이야."

채드가 넌지시 말했다.

"어렵고 자시고 할 필요 없이, 그냥 너무 우리 삶 자체 같지 않냐 이거야. 끊임없이 반복되다가, 조금 달라졌다가 말이야."

"그러네. 당신 말이 맞아. 애초에 그렇게 어려운 문제가 아니었는데. 왜 이렇게 우리는 뱅 돌아오는 걸까?"

"내가 말했지, 쉽게 얻은 쉽게 망각된다고. 우리는 이제 그 영화를 절대 잊지 않을 거야. 샹티이 성을 위해 달려온 5600마일만큼이나 오래 걸렸으니까."

특정한 상황이 우리에게 특별하게 다가오기 위해선 그것이 일생에 한 번 있을까 말까 한 희귀성을 가지기 때문이다. 우리가 그것을 단일한 지속 안에서의 하나의 운동이라고 본다면 말이다. 그러나 지속은 결코 주어진 것이 아니고, 주어질 수도 없다. 들뢰즈의 시네마 용어로 말하자면, 우주는 진동하는 전체, 즉 이미 발생한 모든 것들과 동시에 존재하면서, 예측 불가능한 열린 미래를 향해 항상 추진해 나가는 현재 속으로 부단히 수축하는 잠재태적 과거이다. 시간이란 계속해서 사라지면서 이어진다. 그러나 동일한 공간 속에서 유지되는 안정된 대상들의 상식적 규칙성이라는 것이 존재한다. 지속이 최소한으로 수축될 때의 그 지속 내부에 있는 진정한 운동들에 대한 합리적 근사치라고 말할 수 있다. 이때 우리는 열린 체계로부터 분리할 수 있는 체계들, 즉 닫힌 집합들을 구별할 수 있다. 이 집합들 속 규칙성과 반복을 찾아낼 수 있는 것이 바로 채드가 관찰한 물고기와 같다.

우리의 삶은 마찰이 없는 진공 상태의 용기 안에서 운동하는 무수히 많은 핑퐁 구슬들과 같다. 그것들은 서로 부딪히기도 하고, 교차되기도 하며 혹은 동시에 움직이기도 할 것이다. 분명한 것은 이 안에 무수한 반복이 있고, 그 반복이 항상 동일성을 나타내진 않는다는 것이다. 여러 반복 속에는 변화와 차이가 있고, 그로 인해 공감과 감정을 자아낼 수 있다는 점. 지루하듯 같은 일상 속에서도 소소한 재미를 맛볼 수 있다는 점. 소현은 그 의미를 깨달을 것 같기도 했다.

그들은 이제 쁘랭땅 백화점에 가까이 다다랐다. 인라인 스케이트를 탄 많은 사람들이 차도를 지나고 있었다.

"하고 싶은 말이 있어."

"뭔데?"

"나의 프로인딘이 사랑에 대한 빌트인의 메타포가 진부하다고 하기에, 새로운 것을 준비해봤지."

"하하, 기특하다. 어디 한번 들어볼게."

그는 마이크 테스트를 하듯 목소리를 가다듬었다.

"당신은 마법의 성 같아. 겉으로 볼 땐 정말 화려하지만 실제로는 홀로 외로이 서 있지. 성은 너무나 아득해서 접근하기도 쉽지 않은데, 문으로 들어가기도 너무나 어려워. 근데, 가까스로 성문을 열면 방이 너무나 많아서 어디부터 봐야 할지 모르겠는 거야. 이쪽, 저쪽 다 살펴봐도 뭔가 된 방이 계속해서 생겨나는 것 같고, 아무리 많은 시간을 보내도 방문을 다 열 수가 없지. 하지만 더 무서운 것은, 출구를 찾을 수가 없다는 거야. 근데 거기서 죽 살아도 될 만큼 나가고 싶지도 않고 말이야. 아름다움에 이끌렸지만 왠지 모를 편안함이 나를 더 잡아끄는 거지."

"정말 무시무시하네."

"그렇지, 정말 무시무시한 성이야. 고독하지만 아름답고, 잔인하도록 편안한. 나를 평생 못 빠져나오게 만들 것만 같다니까. 아직도 보지 못한 수많은 방들이 너무나 궁금해서 말이야. 당신은 그런 여자야. 알면 알수록 모르겠고, 그렇기 때문에 더욱 알고 싶어서 못 빠져나오겠어."

"음, 그래? 좋아. 이 비유는…… A- 줄게."

"-라니?"

"당신이 베르사유와 샹티이 성을 순회했다는 것을 감안해서. 그건 약간의 모티베이션이 있기 때문에 완전히 창조적이지 못해."

"억울하다. 그 이유로 굳이 -를 달겠다면 말이야. 아리스토텔레스적으로 말하자면, 예술의 본질은 모방이라고. A제로도 아니고, 좀 박한 교수님이네."

"미안하지만 당신의 비유는 '아리스토텔레스적으로' 예술의 영역이 아닌 것 같네. 처음, 중간, 끝이 없잖아."

"이 망할 고대 선생!"

"캡션을 달아줄게. 'C+'에서 'A-'로, 재수강에 성공했네요."

소현이 손가락으로 따옴표 모양을 만들며 말했다.

15
영원하지 않을 영원함에 대한 약속

베르사유 궁에서의 인연으로, 채드 커플과 철수 부부는 저녁식사를 함께하기로 했다. 그들은 파리 시내에 있는 막심 드 파리 레스토랑에서 만났다. 내부로 들어서자 어두침침한 조명과 체리목 몰딩, 빛바랜 황금색 장식들과 레드벨벳 의자가 마치 19세기의 파리를 말해주는 것 같았다. 미영은 레스토랑의 붉은 기운에 식욕이 돋는다는 듯이 말했다.

"메뉴를 먼저 볼까요? 음식을 시키고 나서야 대화가 되죠."

모든 사람이 알파벳으로 된 코스 A, B, C로 간결하게 주문을 마쳤다. 소현은 불어를 읽을 줄 몰랐음에도, 메인 메뉴인 랍스터와 스테이크의 글씨를 번갈아 보며 10분이 넘게 고민한 후 겨우 메뉴를 선택했다. 그녀 덕분에 채드는 웨이터를 불렀다가 다시 보냈다가, 또 불렀다가를 3번 반복했다.

"난 이곳의 음반을 산 적이 있어요."

철수가 샴페인이 든 잔을 흔들며 말했다. 소현은 샴페인의 탄산이 흔들거리는 금빛 잔의 모습이 레스토랑의 샹들리에와 비슷하다고 생각했다.

"대학생 시절에, 학교 뒷골목에 있는 중고서적 가게를 갔었어요. 비틀즈의 음반을 살 요량이었지만, 새 빨간색의 앨범 커버가 눈에 들어오더군요. 들어보고 싶었죠. 처음엔 잔잔한 피아노 연주 음반인 줄 알았어요. 근데 앨범을 듣다보니 웬걸, 어쩐지 황홀한 느낌의 음악들이 나오더군요."

그가 말하는 도중에 클래식한 인테리어만큼이나 올드한 데코레이션의 요리들이 나오기 시작했다. 소현은 이것이 자기 엄마의 책꽂이에 꽂혀 있는 90년대 프랑스 요리책의 모습과 다를 바 없다고 투덜거렸다. 채드는 그녀의 말에 "그래서 충분히 전통적이다."라고 말했다.

"그래서요?"

소현이 푸아그라가 곁들여진 스프를 먹으며 말했다.

"음, 듣다보니 인상 깊은 음악이 있었어요. 어떤 사람이 중얼중얼 말하고, 식기들이 부딪히는 소리가 났었죠. 알고 보니 그 목소리가 이 식당의 주인이었던 피에르 가르뎅이더라고요. 그때 처음으로 불어를 배우지 않은 것을 후회했어요. 그 사람의 말이 무슨 말인지 알고 싶었는데."

"알아듣지 않는 것이 좋은 편일지도 몰라요."

소현이 샴페인 한 모금으로 목을 축이며 다시 말했다.

"그 사람의 목소리가 음악에 들어갔다면 의미 없는 음성 그 자체인데, 무슨 말을 하는지 알 필요 있나요. 그저 악기의 한 부분이라고 생각하면 되죠. 식기들의 부딪히는 소리도, 그의 목소리도. 지어낸 가사로 노래를 부르는 것이 아니라면 말이에요."

"글쎄요, 그래도 궁금하지 않나요? 말을 하는 데 그게 무슨 뜻인지 궁금해하지 않을 필요가 없잖아요."

"제 말은 그의 음성이 말이 아니라는 거예요. 그저 의미가 탈락된 소리에 불과할 거라고요."

"어쨌거나 흥미롭네. 나중에 우리도 한번 들어봐야겠어. 그렇지?"

대화가 더욱 무거워질 것을 두려워했던 채드가 급히 마무리하며 말했다.

프랑스의 시인이자 전위적인 예술가 앙토냉 아르토는 언어가 의미론적으로 전달될 가능성을 차단하고, 기표와 기의의 관계를 해체시켰다. 그에게 정해진 대사로 이루어진 연극이란 재현에 불과하며, 새로운 창조에 다다르기 위해서는 의미의 층위를 모두 파괴시키고 즉각적이고도 환상적인 감정의 반응 – 신비로운 흥분 상태–에 도달해야 한다고 말했다. 이 실험적인 연극론은 퍼포먼스의 장르에 가깝다. 아르토는 라디오에서 소리를 질렀고, 알프레드 자리는 관객에게 "똥이나 처먹어라."라고 소리쳤다. 전위적이고 실험적인 이 시도들은 사실 지난 예술에 대한 회의적이고도 진보적인 반항이다. 그들은 모든 언어에, 몸짓에, 음향에 의미를 찾고자 하는 기호학적 태세에 질려버렸으며 그 행위를 해체하기 위해 '즉흥성'을 도입했다. 그리고 이러한 시도들은 호프만의 유명한 말을 떠올리게 한다. "언어가 떠난 자리에서, 음악은 시작된다."

나름대로 자신이 예술에 깊은 조예를 가지고 있다고 생각하는 소현은 문득 음악을 음악으로, 감상을 감상으로 느끼지 못하는 사람들에 대해 화가 나기 시작했다. 그녀는 예술에 대한 오역 때문에 골머리를 앓는 예술가들에게 연민을 느꼈으며, 그들이 끊임없이 재창조하는 생성의 의미들을 보존해주고 싶었다. 철수가 그 '음성'을 음악으로 느끼느냐, 노래로 느끼느냐의 문제는 채드가 생각했던 것보다 소현에게 훨씬 중요한 의미였다.

베르무트 소스를 얹은 랍스터와 트러플 소스를 얹은 스테이크가 두 접시씩 연달아 나왔다.

"두 분은 결혼하니 이전보다 좋으세요?"

소현이 포크와 나이프를 집어 들고 미영의 눈을 바라보며 말했다.

"뭐, 달라질 게 있나요. 아직은 실감이 잘 안 나요. 연애 때보다 이젠 정말 가족 같은 느낌이 든다고나 할까."

랍스터를 열심히 파헤치고 있는 미영 대신 철수가 대답했다.

"난 오늘 좀 후회했어요. 소현씨는 정말로 확신이 들 때 결혼하세요. 정말로, 정말로 큰 확신이 들어서, 평생을 이 사람과 살아도 후회 없겠다 싶을 때요. 이 사람 정도면 괜찮다 말고요, 이 사람 아니면 안 되겠다 정도일 때 말이에요."

미영이 철수를 째려보며 말했다.

"자기야, 아까 그건 내가 사과했잖아. 미안해."

철수가 불안하게 동공을 흔들며 안절부절못했다.

"뭐, 살다가 아니다 싶으면 이혼하면 되잖아요. 그럼 덜 신중해도 되는 것 아닌가요?"

소현이 철수 부부의 분위기에 관심이 없다는 듯이 말했다. 그녀는 이제 막 가니시로 나온 아스파라거스를 반절로 잘라내고 있었다. 미영이 그녀의 나이프를 보며 말했다.

"실패하지 않기 위해서 신중하는 것 아닐까요."

"분명 신중한다고 해도 인간은 바보 같아서 실패하기 마련이에요. 신중한다고 해서 실패하지 않을 것이란 건 어떻게 알죠? 사랑할 때는 그 사람을 사랑한다는 확신밖에 못하는데 말이에요. 그리고 일단 사랑에 눈이 멀면 신중하더라도 바보 같은 선택을 하고 말죠."

"그래도 고민을 하는 것과 안 하는 것은 차이가 있잖아요, 그렇지, 여보?"

철수가 아내 미영에게 사랑스러운 미소를 보내며 말했다. 미영은 들은 체도 하지 않았다. 그러자 소현이 다시 입을 열었다.

"난 당장 메인 메뉴로 랍스터를 먹을지, 소고기를 먹을지 선택하지도 못하는데. 난 정말 나의 선택을, 혹은 나 자신을 확실하게 알 수가 없어요. 그런 내가 누군가를 사랑한다거나 누군가와 평생을 산다거나 하는 문제를 신중하게 고민하고 선택하기에는 시간이 너무나 많이 걸릴 거예요."

"사람은 변하기 때문이지. 고집스러우면서도 변덕스러워. 그래서 선택에는 일관성이 없는 거야."

소현의 말에 꼬니숑을 집어먹던 채드가 대답했다.

"그래서 성공할 확신이 없으니 실패할 수도 있는 길을 열어둔단 말인가요?"

철수가 다시 소현에게 물었다.

"그렇다면 부담감이 덜하겠죠. 사람들은 이혼한 사람들을 인생에 실패한 사람들로 보는데 오히려 그들은 실패가 아니라 또 다른 선택을 한 것뿐이에요. 문제는 그것을 알고 결혼했느냐, 모르고 결혼했느냐겠죠. 저는 오히려 이혼하지 않은 부부들이 많은 게 신기할 정도예요."

"이혼할 걸 알면서도 결혼한다라. 그건 말이 안 돼요. 헤어질 걸 알면서도 사귀진 않잖아요."

"왜 말이 안 되죠? 세상에 영원한 것은 없잖아요."

소현이 어깨를 들썩이며 말했다. 채드는 눈앞의 신혼부부를 초치는 그녀를 적당히 말릴 만한 말이 생각나지 않았다. 목이 탄 그는 와인만 들이킬 뿐이었다.

"그래도 두 분 좋아 보여요. 결국엔 저도 결혼이 부럽거든요."

소현이 디저트로 나온 커스터드를 한 술 뜨며 말했다. 그리고 다시 입을 열었다.

"저는 친구들의 결혼식을 갈 때마다 그 용기와 추진력에 감탄하곤 한답니다."

"저희는 플래너 끼고 했어요. 웨딩 플래너. 그녀가 다 알아서 해줬죠."

미영이 초콜렛 무스에 붙은 마카롱을 떼어먹으며 말했다.

"아, 제 친구도 비슷한 직업이 있어요. 뭐더라, 아 맞다. 커플 매니저요. 그 직업들은 그야말로 굉장한 문화적 산물이죠."

"하하하. 비교적 최근에 생겨나긴 했죠."

철수가 소현의 말이 재밌다는 듯 웃으며 말했다.

"그래서 난 정말 손가락질만 했다니까요. '스튜디오는 이거, 웨딩홀은 저거, 신혼여행은 이렇게 해주세요.' 정말 편리했죠. 플래너는 나 같은 사람에게 꼭 필요한 존재예요."

미영이 그때의 상황을 재현하려는 듯 손가락으로 이곳저곳을 짚으며 말했다.

"맞아요. 직업은 사회의 필요에 의해 생겨나죠. 그것은 새로운 것인 동시에 모두가 원하던 것이에요. 그렇지 않으면 곧장 폐기되고 마니까요. 나 같은 사람도 말이에요. 내 도움을 필요로 하는 사람이 굉장히 많다는 것이 처음엔 신기했어요. 사회가 이렇게 변했구나 하고 말이에요. 무속인 대신 컨설턴트, 더욱 완벽한 신뢰성을 위해 컨설팅 컴퍼니. 모두가 과학적으로 증명된 전문가 타이틀을 달아야 하죠. 그들만이 가장 정확도에 가까운 확신을 줄 수 있다고 생각하니까요."

채드가 자신의 경우를 들어 말했다.

"그래. 그래서 요즘엔 양의학이 대세지. 우리 한의원에는 이제 늙은 환자가 대다수야. 젊은 사람은 잘 오지 않지."

철수가 슬프다는 듯 말했다.

그들은 마무리로 나온 코냑 커피까지 모두 마시고 나와 트로카데로 광장을 걷고 있었다(미영은 뜨거운 커피에 혀를 데었다). 낮과는 달리 환희로 치솟던 분수가 사라지고, 잔잔한 물결이 광장을 가득 채웠다. 한편에는 불붙은 마차처럼 화려하게 장식된 회전목마가 있었다. 반짝이는 에펠 타워의 야경을 바라보던 네 사람은 모두 한 손에는 캔 맥주를, 한 손에는 하몽이 들어간 바게트 샌드위치를 든 채 광장의 바닥에 앉았다. 철수는 그의 작은 손수건으로 미영의 엉덩이

자리를 만들어 주었다.

"어쨌건 간에 사랑이란 좋은 거네요."

소현이 그 모습을 보며 말했다.

"그럼요. 우리는 돈을 벌어서 먹고살고, 또 먹고살기 위해 사랑을 하죠."

철수가 맨바닥에 앉으며 말했다.

"미영씨는 정말 좋으시겠어요. 아까는 초쳐서 미안해요. 난 정말로 사랑스러운 두 분의 행복을 마음속 깊이 바라고 있어요. 질투해서 그랬다고 이해해주세요."

철수 부부는 인자하게 보이는 미소를 지었다. 그리고 철수는 "재덕이가 제수 씨를 왜 좋아하는지 알겠네요."라고 소현에게 속삭였다. 그녀는 광장의 맞은편에 누군가 빨간색 페인트로 칠해놓은 "LOVE ME"라고 쓰여진 낙서를 바라보았다.

"내가 말이 좀 심했나?"

소현이 채드와 세느강 주변을 걸으며 말했다. 그들은 이제 철수 부부와 헤어지고 호텔을 향해 걸어가고 있었다(철수는 한국에서 한 번 더 보자며 소현에게 악수를 청했다). 그녀의 눈은 축축한 세느강의 물결보다 시멘트 바닥을 향해 있었다.

"아니야, 잘했어, 덕분에 재밌어했을 거야. 자신들의 사랑에 대해 생각해보고, 더욱 돈독해지겠지."

"맞아. 그들은 특별한 고민 없이 결혼을 했을 거야. 지금쯤 다시 생각하는 기회를 주는 것도 나쁘지 않겠지."

"그래서, 당신은 결국 결혼에 대해 회의적인 입장이야?"

채드가 소현의 얼굴을 바라보며 말했다. 그녀는 세느강으로 얼굴을 돌렸다.

"인주 묻은 종이 쪼가리에 영원을 거는 것에는 누구나 회의적이지 않겠어?"

"달링, 문화를 부정하지 마. 그런다고 당신이 특별한 사람이 되는 것은 아니야."

"음, 그래도 난 그 행위가 순수한 사랑이 아니라고 생각해. 오히려 그 제도적인 것에서 초월해야 사랑의 본질에 가까워지지 않을까? 사실 결혼이라는 것이 법의 형상을 띤 것은 맞잖아. 그것은 감성의 영역과는 반대되는 것이고."

"결혼이 꼭 속박으로 생각되는구나?"

"그렇지. 자유롭게 사랑할 권리를 해치기도 하고, 순수하지 않기도 하고, 본질적으로 육아의 성격을 띠기도 하니까. 고결하고 완벽한 사랑의 이상적인 타협점은 아니지."

"그래도 결혼만이 둘만의 사랑을 보증해주잖아. 나 이외에 다른 이성을 사랑하지 않을 권리, 정절을 지킬 권리, 사랑을 지속시킬 권리."

"난 그게 약간은, 둘만의 세계를 위한 비이상적인 약속 같아. 결혼을 하게 되면 나의 우주는 이제 밀폐된 락앤락안에 갇히게 되는 것이라고. 딱 2인용인 밀폐용기 말이야. 그리고 오직 그 안에서만 갇혀 살게 되는 거겠지. 사랑은 지속되지 못하고, 의무감으로 견디는 삶에, 가식적이고 형식적으로 당신을 대하게 된다면 당신도 슬프지 않겠어? 내가 당신을 더 이상 사랑하지 않는데도. 마치 당신을 사랑하는 것처럼 연기하며, 다른 사람을 사랑할 수도 있을 내 남은 권리를 포기하는 것 말이야. 결혼은 서로의 유한성을 잔인하도록 확인하는 방법이라고."

"당신은 꼭 불륜을 저지르지 못해 안달난 사람처럼 말하는 군."

"그것보단, 제도가 만들어낼 위압적인 상황에 대해 생각해보는 거야. 틀 안에 있는 사랑과 틀 안에 있지 않은 사랑은 느낌부터 다르지. 영원을 위한 영원의 약속이라, 생각해보면 모순적이기도 해. 사람들은 영원한 것이 없다는 것을 알기 때문에 영원에 목숨을 걸지. 애초에 사랑이 영원했다면 결혼을 굳이 안 해도 되는 거잖아?"

"글쎄. 결혼의 기능이 영원의 속박만을 위한 것은 아니지. 사랑을 축복받고, 맹세하고, 서약을 나누는 것을 상상하면 행복한 순간이 될 것 같지 않아?"

"나로선 반지를 나눠 끼는 행위가 새끼손가락 걸고 약속하는 것으로밖에 안 보여. 너랑 나는 이렇게 하고 이렇게 하자. 핑키 프라미스!"

채드로서는 그녀의 결혼에 대한 회의적인 생각을 돌릴 방법이 생각나지 않았다.

"근데 말이야, 난 결혼이 싫지만. 만약 해야만 한다면, 당신이랑 하고 싶어."

소현이 채드에게 미소를 띠며 반짝이는 눈으로 말했다.

"영광이로군. 하지만 왜?"

"음식물 쓰레기 잘 버려줄 것 같거든."

소현이 큭큭거리고 웃으며 다시 말했다.

"난 법적으로 마련된 결혼 제도에 대해 회의감을 느낄 뿐이지, 막상 또 결혼이 하기 싫은 것은 아니야. 당신이랑 며칠이고 함께 사는 동안은 내 삶이 요람에 누워 있는 것처럼, 정말로 큰 안락함과 편안함을 느끼거든. 그리고 그것이 오래도록 지속될 수 있다면, 합법적으로는 결혼을 하는 것이 맞겠지."

"남들 사는 길이 다 행복해지는 길이야. 대다수가 행복을 위해 노력하기 때문에 그들의 선택을 신뢰할 필요가 있겠지. 결혼도 마찬가지, 남들 많이 가는 맛집 찾아가는 것도 마찬가지, 좋은 관광지로 정평 난 곳 찾아다니는 것도 마찬가지. 우리가 아까 에펠 타워에 다녀온 것처럼."

"맞아. 다 행복해지려고 사는 것인데 뭐."

호텔에 도착한 소현은 간만에 느낀 피로에 쓰러지듯 잠에 들었다. 그러나 채드는 미처 꺼내지 못한, 자신의 캐리어 안에 들어 있는 러브링을 떠올리며 밤새 뒤척였다.

"적어도 향락과 방종이 사랑의 본질은 아니겠지."

채드는 호텔의 조식 뷔페에서 가져온 연어에 케이프와 양파를 얹으며 말했다.

"아직도 그 생각 중이었어? 제발, 지금만큼은 내가 이 요거트를 충분히 즐길 수 있는 자비를 줄래?"

채드는 그녀에게 사랑의 본질과 결혼의 장점을 확인시켜주기 위해 안달 나 있었다. 그렇지 않으면 그의 다이아몬드 러브링이 빛을 못 볼 것이 훤했기 때문이다.

"좋아. 그럼 확인해줘. 당신이 날 사랑하고 있다는 것을."

"새삼스럽게."

소현은 접시에 놓인 리치의 껍질을 까서 그에게 먹여주었다.

"봤어? 나의 희생정신. 사랑하기 때문에 가능한 거야."

"모성애 말고, 가족애 말고."

채드가 소현의 눈을 똑바로 바라보며 말했다. 그는 소현의 진심을 원했다.

"사랑해. 연인으로서. 지금까지 그랬고, 앞으로도 그럴 거야."

채드가 흡족한 미소를 지었다.

"그게 언제까지일진 모르겠지만."

소현이 장난스럽게 말하자 채드는 다시 침울해졌다.

사랑한다는 것은 상대방이 자유로울 권리를 부정한다는 것이다. 그래서 사랑은 실패할 확률이 높다. 상대방은 나의 속박이 될 수도, 나는 상대방의 족쇄가 될 수도 있다. 사람들은 그 결박만이 사랑이 샛길로 빠질 가능성을 방지해주리라 믿는다. 하지만 사랑은 동화이다. 조화되고 어우러져 가는 것. 자유를 침해하는 것이 아니라, 제3자를 상정하지 않게 하는 것. 지루한 순간에는 새로움에 대한 갈증을 느끼기 때문에, 타인을 끊임없이 욕망하는 것은 인간의 본질이다.

하지만 사랑과 욕망은 멈추지 않고 늘 변하는 것이다. 지속적인 사랑은 서로를 위한 노력을 필요로 한다. 그 위험천만한 과정에서 균형을 잡는다는 것은 마치 환상적인 초콜릿과 황금의 유혹으로 가득 찬 사거리에서 직진만을 행하는 것과 같다. 그리고 그것은 한계로 가득 찬 세상에서 창조를 꿈꾸는 것과 같을 것이다.

16
기약 없는 사랑에 대하여

그들은 점심을 마치고 뤽상브르 공원에 다다랐다. 이탈리아 양식으로 지어진 메디시스 분수, 여유롭고 한적하게 누워 있는 게으른 잔디들, 동상 옆에 모인 풍성한 꽃들, 체스를 두는 노인들, 분수의 파동으로 잔잔하게 요동치는 연못. 채드는 소현이 가져온 미러리스 카메라로 풍경을 마구잡이로 담아냈다. 어느 각도, 어느 지점에서도 그 풍경을 놓치지 않겠다는 신념을 증명하듯이 그는 자신의 위치를 재빨리 바꿔가며 셔터를 눌러댔다. 때로는 동상의 클로즈업 샷, 때로는 소현이 함께 있는 연못의 풍경, 때로는 관광객과 현지인이 혼잡스럽게 엉켜 있어 몸살이 난 듯 한 공원의 모습.

채드가 카메라에 달린 조그마한 모니터로 자신의 사진을 확인하고 있을 때 소현이 물었다.

"만족스러워?"

"응, 아주 잘 나왔어. 날씨가 좋으니 피사체가 빛이 나네. 당신도 한번 볼래?"

"아니, 그 작은 LCD로 보기보단 직접 보는 것이 나을 것 같네. 어쩌면 사진을 찍는 그 순간마저 사치인 것 같아. 이 풍경에게는."

"그래도 그 느낌은 잘 잊게 되잖아. 난 한국에 돌아가서도 이 순간과, 이 감동을 추억하고 재현해내고 싶어. 남는 건 사진뿐이야."

"사진도 하나의 왜곡일 뿐이야. 다들 사진이 리얼리티라고 말하지만 그 말은 틀렸어. 진정으로 추억하려면 사진보단 감동을 남겨가야지. 당신은 한국에 돌아가서도 열심히 사진 찍던 기억밖에 나지 않을걸."

소현의 말에도 그는 상관없다는 듯이 사진을 마구잡이로 찍어댔다.

넓은 공원을 탐색하는 데 지친 채드는 공원에 준비된 철제 의자에서 잠시 휴식을 취했다. 그는 잠시 노을이 져가는 공원의 고즈넉한 기분을 만끽하고 있었다. 쌀쌀한 기운을 느낀 채드가 아직 분수대에 있는 소현을 찾아 이제 일어나야겠다고 결심을 하던 때에, 깔끔하게 차려입은 스패니시 노부부가 다가와 사진을 부탁했다. 노신사는 중절모를 쓰고, 노바체크로 라이닝된 힘 있는 원단의 오트밀색 버버리를 입었다. 그보다 비교적 나이가 지긋한 것으로 보이는 노부인은 머리가 투명하리만치 백발로 쇠어 있었고, 진주로 된 목걸이와 반지를 했으며, 오색 실이 꼬아진 안경 줄로 금테 안경을 목에 걸고 있었다. 검버섯을 감추려고 분칠을 많이 한 덕에, 분의 향과 하얗게 뜬 얼굴이 그녀의 존재를 부각시키고 있었다.

채드가 그들의 낡은 사진기로 사진을 찍어주자 그들이 감사의 인사를 건넸다.

"고맙소. 우리는 매년 여기에서 사진을 찍어왔다오."

노부부는 그렇게 말하며 그들이 찍어온 몇 장의 사진을 보여줬다. 검정 머리를 하고 패셔너블한 선글라스과 포즈를 취한 20대부터, 부인의 팔뚝과 허벅지 살이 조금 붙어 보이는 40대 모습, 무표정하고 기력 없는 모습의 50대, 주름살이 붙고 머리가 회색발이며, 구두굽이 눈에 보이게 낮아진 60

대. 그들의 오래된 사진들은 빛이 바래고 세피아 느낌이 강하게 났지만 보관이 잘 되어 구겨지거나 벗겨진 부분이 없었다.

"모두 같은 장소에서 찍으셨네요."

채드가 감명을 받으며 말했다.

"그렇지. 어느 해에는 사정이 생겨 못 오기도 했지만, 우리는 늘 이곳에 오려고 노력했다오. 늘 기차를 타고 버스를 타고 이곳에 도착했지. 처음엔 재미로 했지만 중반엔 오기가 되었고, 지금은 이 사진을 찍고 보는 낙으로 산다네."

노신사가 자신의 안쪽 주머니에 사진첩을 넣으며 말했다.

"오늘이 특별한 날이라도 되나요?"

"특별한 날은 아니에요. 그저 이 사진을 찍는 날이지."

노부인이 거들며 얘기했다. 그녀는 자연스레 자신의 남편에게 팔짱을 끼고 그의 얼굴을 사랑스럽게 쳐다보았다.

"맞아. 이 사진을 위한 기념일이지."

노신사가 끄덕이고 웃으며 말했다.

그들은 채드에게 고맙다는 인사를 남기고 뒤돌아서 공원의 산책길로 들어섰다. 채드는 그들의 구부정한 자세마저도 너무나 사랑스럽게만 보였다.

"왜 이렇게 오래 걸렸어?"

사진을 찍으러 간 채드를 줄곧 기다리던 소현이 그녀의 짐을 챙기며 물었다.

"카메라 사용법이 익숙하지 않아서. 꽤나 오래된 모델이더라고."

채드가 미소를 지으며 말했다. 그는 애써 그가 만난 멋진 노부부에 대해 말하기를 삼켰다. 노부부를 만난 뒤 그는 소현에게 프러포즈를 하기로 확실하게 마음먹고 있었다.

호텔에 돌아온 그들은 준비된 입욕제로 거품 목욕을 즐겼다. 욕조는 꽤나 좁았기 때문에 그들은 다리를 뻗어 마주 앉은 채로 서로의 다리와 팔을 만지고 있었다. 채드는 자신이 미리 가져온 샴페인을 잔에 따랐다. 그것은 풍성하고 흰 거품만큼이나 달달한 분위기를 만들어내고 있었다.

"아까 만난 노부부는 정말 환상적이었어."

채드가 샴페인을 한 모금을 삼키며 말했다.

"왜?"

"그들은 매년 그곳에서 사진을 찍었다더군. 무려 20대 때부터 말이야. 사진들을 보여주기에 구경을 조금 했어."

"그래서 오래 걸렸구나."

소현의 감흥 없는 듯 한 말투에 채드가 조금 당황하며 말했다.

"정말로 멋졌다고. 그들의 역사와 흔적이 고스란히 담긴 그 사진첩 말이야."

"인간들은 늘 순간을 남기고 싶어 하지. 당신이 김연아의 경기를 꼭 동시간에 보려 하는 것처럼. 그 순간이 유일하고, 너무나 빠르게 지나가기 때문에 인간은 발악하는 거야. 그래서 사진도, 동영상도 생겨났지."

그들은 다시 샴페인으로 목을 축였다. 욕조의 거품이 점점 꺼져가는 것이 채드는 자신의 기분 탓으로 느껴졌다.

"그래서 말인데……."

채드는 자신의 오른손 새끼손가락에 몰래 끼워놓은 반지를 거품 속에 가려진 소현의 왼손 약지에 끼워주었다. 소현은 이상한 느낌에 놀라며 우악스럽게 손을 꺼냈다. 그녀가 놀란 눈으로 자신의 거품투성이 손에 끼워진 반지를 바라보고 있었다.

"그들이 순간을 놓치지 않으려 했던 것처럼, 나는 한순간도 당신을 놓치고 싶지 않아. 나의 삶은 유한하고, 행복의 극대화는 당신으로 시작해. 그렇기 때문에 나는 당신과 함께 살지 않을 이유가 없어."

소현은 알코올과 욕조의 뜨거운 물로 살짝 발그스름해진 자신의 볼이 뜨거워지는 것을 느꼈다. 그녀가 입을 열지 못하자 채드가 그녀의 손을 잡으며 다시 말했다.

"내가 보증할게. 당신의 행복도, 우리의 약속도. 우리 디즈니 영화처럼 '해필리-에버-애프터'에 도전해볼까? 결혼하자. 지금 이 순간이 좋다면, 그리고 이것을 지속하고 싶다면. 당신은 샴페인의 톡톡 쏘는 탄산같이 제멋대로이지만, 그것이 내가 당신을 사랑하는 이유이기도 해."

소현은 자신의 왼손 약지에 껴 있던 반지를 채드의 샴페인 잔에 빠트렸고, 거품을 채 닦지 않은 채 욕조에서 나와 가운을 입었다. 말은 하지 않았지만 행동으로 보여준 그녀의 거절 의사가 너무나 확실했기 때문에 채드는 영문도, 어찌할 바도 몰랐다. 그는 이 상황에 대해 미안하다고 사과해야 할지에 대해서까지 고민하고 있었다. 소현은 말없이 자신의 캐리어에 짐을 모두 챙기고 있었다.

"소현, 왜 그러는 거야. 말 좀 해봐."

"미안해, 세상에 영원한 것이란 없어. 내가 당신을 거절하는 것은 그 이유뿐이야."

그녀가 자신의 머리카락을 드라이기로 말리며 다시 입을 열었다.

"이제 우리는 돌이킬 수 없는 강을 건넜어. 난 당신에게 누누이 눈치를 줬지. 내가 결혼 어쩌고, 영원 어쩌고 타령을 싫어한다는 것을. 우린 이제 예전처럼 돌아가지 못할 거야. 당신은 나를 이해하지 못할 테고, 나는 당신을 이해하지 못하겠지. 우리는 이 문제에 대해 끊임없이 갈등을 만들어낼 거야. 그리고 그것이 적어도 당신이 말한 '해필리-에버-애프터'는 아니겠지. 난 한국으로 돌아가겠어."

소현은 옷장에 걸린 자신의 옷가지들로 대충 옷을 입었다.

"아니면 아닌 것이지, 이렇게 열 낼 일은 아니잖아. 없던 일로 할게. 진정하고 나를 봐봐."

채드가 그녀의 양 손목을 잡으며 말했다. 그러나 그녀는 곧장 뿌리쳤다.

"당신이 치매 환자도 아니고, 어떻게 이 일을 없던 일로 해! 나는 당신의 청혼을 보류한다는 것이 아니라 거절하는 거야. 이걸 받아들일 수 있어? 당신이 사랑하는 여자가 청혼을 거절하고 기약 없는 사랑만 하고 싶어 하는 것을 이해할 수 있냐고! 당신은 그렇지 못하기 때문에 나에게 청혼한 거야. 우리는 이제 그만해야 해."

"당신이 겁이 나는 것은 이해해. 좋아. 나는 영원히 당신과 결혼하지 않고 평생 연애만 하며 산대도 상관없어. 정말이야."

"그놈의 영원 타령 좀 그만해. 난 당신의 청혼보다, 영원을 믿는 당신과, 그걸 나와 실현시키려는 그 욕심이 싫은 것뿐이야."

소현이 인상을 찌푸리며 말했다.

"욕심이라니, 난 그저 당신을 사랑하는 것뿐이라고."

"채드, 사랑이라는 한 단어로 보는 불가능한 것들이 가능해질 순 없어."

소현은 곧장 자신의 큰 캐리어와 함께 문을 나섰다. 샴페인 잔에 잠긴 반지에는 샴페인 탄산의 공기방울이 주렁주렁 달라붙어 있었다.

인간이란 그 자체로 유한하기 때문에 끊임없이 무한을 찾는다. 그리고 그것은 지속에 대한 회의가 될 수 있다. 우리는 유한한 인간이기 때문에 무한을 상정할 수도, 약속할 수도 없다. 그럼에도 영원을 약속하는 것은 오만이 될 것이다. 소현에게 영원의 약속은 너무나 어려운 문제였다. 그녀는 영원을 쫓으려는 형태의 사랑이 순수하지 않다고 생각했고, 그것이 너무나 깨지기 쉬운 것이라고 믿었다. 그녀에게 사랑은 순간에 대해 즐기고, 느끼며, 감상하는 것이었지 영원히 보존하고 싶은 밀랍인형 같은 것이 아니었다.

하지만 채드는 달랐다. 그에게 사랑은 너무나 아름다워서 보존해야 할 것이었고, 그렇기 때문에 그것이 영원히 유지되도록 관계에 어떤 방부제가 첨가되길 바랐다. 결혼은 그런 방법 중 하나였다. 현 시대에서는 결혼이라는 제도가 그들을 하나로 이어주기도, 지속시켜주기도 적절했기 때문이었다. 동거나 연애는 쉽게 변질되어서 잡을 수 없는 것처럼 불안정하다고 느껴졌다. 생생한 연어는 금방 상하고, 예쁜 꽃은 금방 시든다. 하지만 그는 방부제로 보존되는 아름다움은 더 이상 순수한 아름다움이 아님을 잊고 있었다.

사랑에 대한 다른 시각으로 둘의 갈등은 더욱 깊어졌다. 소현은 당장 한국행 비행기를 끊고 곧장 서울로 향했다. 그녀는 자신이 채드의 청혼에 대해 왜 이렇게 발끈하는 것인지 자신조차 이해하지 못했다. 다른 여성들은 기쁨과 감동의 눈물을 흘린다는데, 분노의 눈물을 흘리는 그녀로서는 자신이 일반적이지 못하다는 슬픈 자각 또한 함께였다. 그녀는 자신이 채드와 함께 있고 싶은 마음에 대해서는 의심하지 않았다. 그것은 의심할 여지없이 분명한 것이었다. 하지만 그녀는 자신의 살아 숨 쉬는 감정을 락앤락으로 밀봉하고 싶지는 않았다. 그것은 밀폐되고, 시간이 갈수록 이산화탄소로만 가득 차는, 갑갑하고 답답한 것이었다.

행동경제학에는 '현상유지 편향'이라는 용어가 있다. 윌리엄 새무얼슨과 리차드 젝하우저가 발견한 이론으로, 사람은 현재 상태에서 변화되는 것을 회피하는 경향이 있다는 것이다. 그리고 이것은 손실 회피적 성격으로 도출된다(이런 점에서 앞서 말한 보유효과와도 연관이 있다). 말하자면, 사람들은 현재 상항이 그다지 나쁘지 않다면 이것이 그다지 좋지 않다고 하더라도 유지하고자 한다는 것이다. 그리고 이것은 변화와 실패에 대한 두려움으로 나타나기 때문에 인간의 본능이라고 말할 수 있다. 아담 스미스의 말대로, "우리의 상황이 나빴던 상태에서 더 좋은 것으로 바뀔 때의 기쁨보다 좋았던 것에서 더 나쁜 것으로 바뀔 때의 고통이 더 크다."

우리는 본능적으로 현재라는 기준점을 암묵적 이익이라고 생각하고 이것으로부터 생기는 변화를 모두 불이익이 될지도 모른다며 경계한다. 기쁨보다 고통의 무게가 더 크다는 잔상이 인간을 현재라는 상태에 붙잡아두는 사슬 같은 인지편향을 만들어낸 것이다.

변화를 극도로 두려워하고, 자신의 현상이 최선인 것으로 합리화하는 것은 소현의 성격 중 하나였다. 그녀는 변화로 일어날 실패와 손실에 대해 극도로 피해주의적이었고, 현상에 대해 유지하고자 하는 욕구가 강했다. 그녀는 때문에 거처를 옮기거나 신분을 바꾸는 것에서도 민감했다. 그녀는 학생으로서 학교를 떠나 하루아침에 회사원이 되는 것을 두려워했기 때문에 회피적으로 학생의 연장선인 대학원에 진학했으며, 전세금을 야금야금 올리는 얄미운 집주인이 있었음에도 그녀는 자신이 스무 살 때부터 혼자 살던 집에서 이사한 적이 없었다. 단골 옷가게에서만 옷을 샀으며, 일요일 아침에는 집 앞에 위치한 브런치 가게를 자주 찾았다(그 가게의 주인은 그녀의 커피 취향을 정확히 꿰고 있었다). 그녀는 새로운 곳을 찾아가 새로운 것을 맛보며 겪을 위험을 감수하지 않았고, 그녀에게 검증된 장소들에 더욱 신뢰를 느끼고 집착했다.

소현의 이러한 성격은 결혼이라는 것에서부터 느끼는 극도의 두려움과 회피로 나타났다. 그녀는 결혼으로 인해 자신의 모든 상태가 변화될 것임을 염려하고 있었다. 자신의 거처, 처녀에서 유부녀로서의 신분 변화, 가족이 하나 더 생기는 절차. 만약 아이를 낳기로 결정한다면 자신은 소현이라는 이름보다 누구누구 엄마라고 불릴 일이 더 많았을 것이며, 그녀의 자유로운 몸은 결혼으로 인해 여행도 술도 마음대로 못하도록 결박될 것이 뻔했다. 그리고 소현은 이것을 모두 '불이익'이라고 생각했다. 그녀는 변화에 대해 극도로 민감해하고 불안해했다. 그녀에게는 결혼을 해서 오는 이익이 전혀 고려되지 않았다. 결혼을 해서 얻을 성공보다, 결혼을 해서 오는 실패와 후회가 더욱 클 것이라 생각했기 때문이다.

그녀의 손실 회피적 성향은 도피로 이루어졌다. 그녀에게는 이익보다는 손실에 대한 심리적 효과가 컸고, 그것에 대해 민감했다. 그녀는 변화에 대한 심리적인 부담과 스트레스의 화살을 곧장 채드에게 돌렸다. 소현은 겁이 났고, 겁을 내지 않는 채드에 대해서 열등한 감정도 가지고 있었다. 서울에 도착한 그녀는 자신의 두려움에 대한 자책과 채드에 대한 일말의 미안한 감정, 다툼에 대한 심리적 스트레스, 여독과 시차 등의 문제로 이틀을 내리 잠을 잤다. 그동안 채드는 그녀에게 차마 셀 수 없는 숫자의 부재중 전화를 남겼다.

17
그래서 어떻게 할 건가요

소현은 어떤 마음에선지 채드에게 연락하기가 꺼려졌다. 그들의 관계를 망치는 주범이 자기 자신이라고 생각했기 때문이다. 그녀는 채드에게 못된 짓을 저질렀던 자신을 기억해냈다. 멋대로 헤어짐을 고하고, 다른 사람을 만났다가, 멋대로 다시 돌아왔고, 청혼을 했더니 불같이 화를 냈다. 자신의 비정상적인 행보에 관계는 물론이고, 자기 자신에 대한 확신조차도 담보할 수 없었다. "나는 왜 이럴까?" 소현은 일관적이지 못하면서도 변화를 두려워하는 모순적인 자기 자신을 비난했다.

마침내 그녀는 자의식의 전환이 필요하다고 생각하게 되

었다. 자신을 괴롭히던 미련과 인연의 꼬리와 질질 끌면서 버리지 못하던 모든 것들을 청산하기로 했다. 그녀는 자신의 집에 남아 있던 채드의 DVD와 손목시계, 양말과 슬리퍼, 칫솔 등을 모두 한 상자에 넣어놓았다. 그리고 채드에게 전화를 걸어 만남을 청했다.

"난 이제 모든 것을 정리하기로 마음먹었어. 이사도 갈 거고, 학위를 따면 곧장 취직을 할 거야. 물론 내 행선지는 안 알려줄 거야. 이 힘든 인연에 당신을 끼워넣어 미안하다고 생각해. 모두 나를 탓해도 좋아. 그래서 난 변하려고 해. 당신 없는 나로, 나 없는 나로. 모든 것이 나의 문제라 느꼈어. 더 이상 당신에게 상처주기 싫어. 물론 나에게도 말이야."

소현이 상자를 내밀며 말했다.

"사랑하기가 힘들면 쉬었다 가도 되지 않을까? 난 기다릴 자신 있어. 예전에도 그랬고, 지금도."

채드가 슬픈 표정에도 확신에 가득 찬 눈빛으로 말했다.

"사랑은 둘이라서 힘든 거야. 둘은 다른데, 하나가 되려니까 너무나 힘들지. 지루해진 우리의 날들을 다시 상기시켜 봐. 이 사랑을 꼭 계속해야 할까?"

"원래 사랑은 애증의 관계에 있어. 사는 것도 마찬가지지. 당신이 당신 자체에 회의를 느낄 필요는 없어. 나도 나 자신이 매우 혐오스러울 때도, 사랑스러울 때도 있거든."

채드의 담담한 말에 소현이 눈물을 터뜨리며 말했다.

"오, 난 이제 나의 삶이 지긋지긋해! 이 존재에 대한 부담을 당신은 공감하지 못해. 살아 있다는 이유로 인생을 가치 있게 살아야만 할 것 같은 그런 부담 말이야. 난 타의로 태어났고 그마저도 인생의 낙오자가 되지 않기 위해 끈질기게 노력해야 했지. 누가 정한 것인지, 그것이 누구의 기준인지도 모르면서 말이야. 난 이제 타인의 것에 맞추는 것에 급급해진 내가 혐오스러워졌어. 앞으로 내가 정하고 내가 생각하는, 진정 나를 위한 삶을 살 거야. 난 변할 거라고."

"삶은 원래 부질없는 것이야. 한 시간에 걸쳐 만든 요리를 십오 분 안에 해치우는 것이 우리 삶이지. 노력에 비해 행복의 시간은 반비례, 아니 반반반반비례해. 하지만 다들 그 짧은 행복의 시간을 위해 사는 것뿐이야. 당신이 그것을 조금이라도 느낄 수 있다면 그런 변화는 필요치 않아. 앞으로도 행복할 가능성은 충분하다고. 당신이 지금 원하는 행복은 마약 수준 같은데?"

"채드, 나에게 강의하지 마. 난 라이프 컨설턴트가 필요한 것이 아니라, 내 자신의 마음의 소리를 듣길 바라. 무엇을 진정으로 원하고, 무엇을 진정으로 하고 싶은지. 지난 나의 삶은 도피가 모든 것을 결정했어. 조금 늦었다고 생각하지만 난 나의 진정한 선택 아래에 나의 삶을 살겠어. 그 어떤 것에도 흔들리지 않고, 그 어떤 것에도 영향받지 않고 말이야. 그동안 당신을 붙잡고 싶은 마음도, 기다리게 할 마음도 없어. 내가 변한다면 나 역시 이전의 나가 아닐 테고, 당신은 이전의 나를 사랑하기 때문에 변한 나를 더 이상 사랑하지 않을 거야."

그녀의 마음은 그 순간에도 채드가 자신을 더욱더 모질게 잡아주기를 바라고 있었다.

변화를 선언한 소현이었지만, 그녀는 변화한다는 것에 대해 오히려 큰 부담을 느끼고 있었다, 애벌레가 변태하여 나비가 되듯이, 그녀는 자신의 묵은 찌꺼기와 갑옷을 벗어 던지고 새로운 자신이 되고 싶었다. 소현은 피해의식과 변덕, 낮은 자존감과 눈물, 굳센 자존심으로 얼룩진 자신의 자화상이 혐오스럽다고 생각했다. 하지만 그것을 이해하지 못한 채드가 말했다.

"하지만 변하고 싶다는 그 마음과, 변화가 성공했을 때의 그 만족은 어디에서 오는 건데? 그것 역시 모두 타인으로부터 오는 것 아니야? 당신은 이미 당신의 마음의 소리에 귀

기울이고, 원하는 것을 해나가고 있었어. 당신이 어느 이유에서 이런 자기혐오를 얻게 된 것인지는 모르겠지만 당신은 변화를 원하든, 원하지 않든, 노력을 하든, 하지 않든 당신 그 자체일 뿐이야. 난 그것을 사랑하는 것이고."

"하지만 노력하지 않는 것보다 일단 노력하는 게 나을 것 같아. 가타부타 이러저러한 가정 말고, 이젠 나를 위한 일정을 짜볼래. 운동도 하고, 연간계획표도 세울 거야. 당신도 둘이어서 고독한 것보다는 혼자 행복한 것이 낫지 않아? 이전과 다른 내가 되고 싶어. 그리고 그것이 나일 것이라 믿어. 당신도 내가 조금은 우울하고 성격파탄자 기질이 있다고 생각하잖아. 안 그래?"

"사람이라면 누구나 조금씩 그러한 성향을 띠기 마련일 거야. 소현, 너 자신을 부정하지 마. 새로운 사람이 되겠다는 막연한 의지보단, 당신이 어떤 사람인지에 대한 정확한 인식이 더욱 중요해. 당신은 지금 너무나 추상적이고 부정적으로 생각하고 있어."

"그렇지만 말이야. 난 항상 끊임없이 나를 증명하고, 끊임없이 나의 가치를 인정받아야 하고, 무언가를 이뤄놨을 때 누구보다 한 살이라도 어려야 할 것 같은 그런 기분을 느낀단 말이야. 그건 역시 지금의 내가 부족하다는 증거 아니야? 난 이제 자기계발서라도 좀 읽고, 우울증의 특효약이라는 운동이라는 것도 좀 시작해보겠어."

"자기계발서라니, 그건 사회가 피로하다는 반증 내지는 증거품밖에 되지 않는 것들이야. 암에 걸렸으면 수술을 해야지 왜 연고를 발라? 성공한 사람들이 쓴 책들은 그렇게 모두의 인생을 망쳐버린다고."

소현은 채드에게 자기가 읽고자 하는 자기계발서가 그것보다는 더욱 가치가 있다는 것을 증명해내고 싶었지만 그녀의 짧은 어휘력이 허락하지 않았다.

자기 자신에 대한 인정은 어디서 올까? 이 문제에 들어가기 전에, 의도적으로 자기 자신을 부정한다는 것은 어떠한 역설에 부딪힌다는 사실이 있다. 영국의 철학자이자 수학자인 버트런드 러셀은 이이 대한 이론을 정립했으며, 자신이 만든 패러독스를 쉽게 설명하기 위하여 세비아의 이발사의 이야기를 내놓았다. 만약 세비야에 '스스로 이발을 하지 않는' 모든 이의 이발만을 해주는 이발사가 있다고 하자. 이 이발사는 이발을 스스로 해야 할까? 만약 스스로 이발을 하지 않는다면, 그 전제에 의해 자신이 자신을 이발시켜야 하고, 역으로 스스로 이발을 한다면, 자신이 자신을 이발시

켜서는 안 된다. 러셀의 역설은 이렇게 앞뒤가 맞지 않는다는 것이다.

러셀이 만든 집합은 다음과 같다.

S = {χ|S를 포함하지 않는 것들}

얀 루카시에비치와 알프레드 타르스키가 고안한 방법에 따르면, 이 역설은 다음과 같이 표현된다.

네모 칸 속의 문장은 거짓이다.

네모칸 속의 문장이 참이라면, 그것은 거짓이고, 네모칸 속의 문장이 거짓이라면, 그것은 참이다. 이것이 러셀의 역설을 표현하는 가장 명료한 방법이라고 생각된다.

러셀의 역설은 참도 거짓도 될 수 없는 자기모순의 경우들을 담고 있다. 소현 역시 마찬가지이다. 자기 자신을 부정해야만 자기 자신이 될 수 있는 역설적인 그녀의 다짐은 러셀의 식으로 보자면, 어쩌면 모순이고, 때문에 참도 거짓도 될 수 없다. 그렇다면 그녀는 어떻게 그녀 자신이 될 수 있을까? 부정하는 것이 답이 아니라면, 스스로를 인정해야 하는 것일까? 그렇다면 안일해진 자기 자신을 어떻게 부정하지 않고 인정할 수 있을까? 그 기준은 타의에서 올까, 자의에서 올까?

자아의 방향에 대해 고민하는 것은 생산적인 일이다. 그렇지만 '자아는 무엇일까'에 대해서 고민하는 것은 의미가 없다. 의미가 없을뿐더러 가능하지도 않다. 무엇이냐고 물을 때 '무엇'은 단수명사이고, 자아는 이미 복합체이기 때문이다. 자아는 세계라는 먼지와 머리카락 같은 것들이 덕지덕지 붙은 끈적한 롤링테이프 같은 것이다. 그러니까, 개인의 정체성은 다중적으로 이루어진다.

복합체에서 단일체를 찾는 일은 또다시 묘한 어폐를 떠안은 축약을 생성하는 일밖에 되지 않는다. 그것은 붕어 엑기스를 들고 '붕어다!'라고 말하는 것과 같다. 그 엑기스는 물론 붕어가 맞지만 버려진 찌꺼기 붕어를 포함하지 못한다.

내 자신이 궁금해 내가 무엇인지 되돌아보는 일은 지구가 무엇인지를 알기 위해 무수한 위도와 경도로 시작되는 지구의 모든 둘레를 걸어보는 일과 같다. 불가능하다는 말이다. 더군다나 자아가 무엇인지 생각해보려는 순간엔 자아와 자아를 생각하는 자아를 떼어놓아야만 한다. 나 자신을 타자로 보는 것. 이것 역시 불가능하다. 그렇기 때문에 자아를 돌아본다는 것은 무엇이다라고 말할 수 있는 정의의 영역이 아닌 단순한 음미와 은유의 영역이라고 말할 수 있다. 은유로 말하는 것은 일정 부분을 포기하고 특정 부분을 묘사하기만 해도 비유라는 특성에 비추어 면죄부를 받는다.

"인간은 태어났고, 살아왔기 때문에 필연적으로 죽음에의 불안을 느끼지. 어쩌면 그것을 위해 태어났는지도 몰라. 그 불안을 느끼지 않고서는 삶이 나태해지기 마련이니까. 결국엔 위태로움이 창조를 만들어내는 원동력이 되는 셈이지. 인간은 죽어가기 때문에 열심히 사는 거야."

채드가 소현에게 말했다. 그들은 끝나지 않는 대화를 이어가고 있었다. 채드는 크레마가 부드럽게 올라온 에스프레소를 한 입 홀짝이고 다시 말했다. 그는 이 대화에 심각한 의문이 들었다. '나는 당신을 사랑한다는 단순성의 원리가 왜 항상 복잡한 갈등으로 환원되는 것일까? 이 계속되는 왜라는 질문에 끝이 있을까? 끝이 없다면…… 질문 자체에 대해 다시 생각해봐야 하는 것일까? 아니면 질문하는 행위에 대해 생각해봐야 하는 것일까?'

"답을 찾으려 한다면 골치가 아플 거야. 그래서 나는 그렇게 살기로 결심했어. 답도 없이, 대책도 없이."

소현은 도망치듯 채드와의 자리에서 뛰쳐나왔다. 집에 도착한 그녀의 눈에 제일 먼저 비친 것은 널브러진 거실 테이블이었다. 또다시 포도주로 얼룩진 크리스털 잔, 땅콩 부스러기 따위의 잔여물, 공 모양으로 뭉쳐진 재스퍼의 털, 리처드 로저스의 지속 가능한 건축에 관한 그녀의 에세이. 그 옆엔 재스퍼가 외롭게 앉아 있었다.

소현은 약간의 메스꺼움을 느꼈다. '재스퍼를 목욕시킨 것이 언제였더라.' 하고 생각하며 그녀는 키위를 다듬었다. 라디오 FM에서는 오래된 비틀즈의 노래가 나오고 있었다. 창밖엔 부슬비가 촉촉하니 오고 있었다.

'지금 몇 시지?' 그녀가 잠에서 깨며 생각했다. 채드와 헤어진 지는 한 달이 되어가는 시점이었다. 부지런을 떨고자 했던 그녀의 바람과 반대로 그녀는 이른 아침의 알람 소리도 듣지 못하는, 이전과 똑같은 자신이었다. 어제 마신 럼펀치 한 잔 때문이라며 그녀는 실망한 자신에게 얼토당토않는 핑계를 댔다. 채드와의 헤어짐 이후로 달아올랐던 삶에 대한 의지는 이별에 대한 인식을 통해 나락으로 떨어졌다. 그녀는 삶의 변화를 실행하기 이전에, 삶이 왜 변화해야 하는 것인지에 대한 목표의식이 부족했다. '나는 왜 나여야 하고, 나는 왜 변해야 하지?'

채드가 없고, 약간은 외롭다는 것을 빼고 그녀의 삶은 모두 이전과 같았다. 허공에 매달린 그녀의 마음은 엉뚱한 것에 집착을 했다. 그녀는 택배로 상품을 시키고, 기다리고, 설레다가, 금세 흥미를 잃는 반복적인 행위를 계속했다. 배송되는 것들은 모두 당장 필요하지도 않은 물건이었다. 복부 안마기, 주스를 만들어주는 과즙기, 언제 할지 모를 액세서리, 휴대폰 케이스. 특히 재스퍼의 간식과 장난감은 넘치도록 사들이곤 했다.

각 회사별로 1개씩, 총 3개의 임신 테스터기를 완료했다. 문득 그녀가 생리를 하지 않은 지 꽤 되었다고 생각한 직후이다. 화장실 선반에 수평으로 3개의 테스터기를 나열해놓았다. 5분의 기다림 동안 그녀는 잠시 화장실에서 나가 있기로 한다. 그동안 추적추적 내려오던 비는 모두 그쳐 있었다.

시계, 무지개. 12:03, 무지개. 시계, 무지개. 12:03, 무지개. 12:04, 무지개. 시계, 무지개. 시계, 무지개…… 시계, 사라진 무지개. 시계, 안개. 시계, 다리 밑 평상. 12:05, 빨간 칠이 벗겨진 그녀의 발톱. 시계, 재스퍼의 그루밍. 시계, 차가운 창문의 촉감, 서리, 물방울. 시계, 초시계, 분침. 시계, 무지개, 시계, 무지개, 시계.

무지개, 시계, 무지개…….

그녀는 재빨리 3개의 테스터기를 확인했다. 개중 2개는 선명하게 빨간 두 줄, 한 개는 희미한 두 줄. 어느 회사의 것에 확률을 걸어야 할까라고 방금 전까지 생각했던 것이 무의미하게 느껴졌다.

'누굴 불러야 하지?' 그녀는 마지막으로 함께한 남자가 누군지조차도 확신하지 못했다. '어디로 가야 하지?' 그녀는 침착하지 못했다. '누구에게 말해야 하지?' 그녀는 자신의 무의식중에 떠오른 부모님의 얼굴에 치를 떨었다. '어떻게 해야 하지?' 그녀의 심장이 터질 것같이 뛰었다. 그녀는 발을 동동 굴렀다. '어떡하지? 어떻게 해야 하는 거지?' 도저히 앞으로의 갈피를 잡을 수가 없는 그녀의 의미 없는 질문만이 입속에서 맴돌았다. 소현은 멀미를 할 정도로 가슴이 무너지고 머릿속에서 거듭 오물 같은 뇌수가 차오르는 것만 같은 기분을 느꼈다. 그리고 마침내 자신이 정말로 혼자라는 것을 실감했다. 순간 그녀는 무척이나 외로운 기분을 느끼며, 차갑게 얼어붙은 손으로 자신의 양팔을 움켜쥐며 쓰러졌다.

The Lover's Scenario

제9회 이화글빛문학상 심사평

올해 응모된 소설들은 상당히 높은 수준의 완성도와 개성을 보여준다. 대학생이 쓴 장편소설이라고 믿기 어려울 정도의 깊이 있는 문제의식과 젊은 세대만이 표현할 수 있는 동시대적 감각이 살아 있다. 무엇보다도 장편소설의 스케일을 장악하는 능란함이 놀랍다. 대형 작가로서의 가능성과 잠재성을 확인할 수 있는 대목이다.

당선작으로 결정된 『그와 그녀의 시나리오』는 사랑이란 무엇인지에 대해 질문을 던지는 연애소설이다. 그러면서도 영화나 문학, 패션, 철학 등과 관련된 정보나 지식 등을 '취향'으로 연결시키면서 시대와 세대를 나타내는 기호로 확대시키는 능력이 탁월하다. 문체도 세련되어 있고, 시간대별 감정 변화나 여행품 목록 등을 직접 도상으로 제시하는 형식상의 시도도 신선하다. 다소 지나치게 독서 이력 및 잠언류의 명언을 직접 드러냄으로써 에세이소설 같은 현학성과 추상성을 보이는 것이 한계이지만, 무엇보다도 이 소설은 연애를 통해 자명한 사랑이나 유동적 사랑의 간극에 대해 제대로 질문을 던진다. 살아 있는 인물들의 갈등과 이별로 인한 복잡한 관계 설정도 돋보인다. 이런 장점들을 통해 이 소설이 단순히 연애에 관한 카운셀링이나 힐링을 목표로 하는 것이 아니라, 연애를 통해 동시대를 호흡하고 자아정체성의 정체를 생산적으로 고민하는 '포스트 칙릿 소설'에 가깝다는 것을 확인할 수 있다. 자신의 몸에 가장 잘 맞는 옷을 입은 듯한 소설이라 가독성 또한 뛰어나다. 연애 이야기를 통해 이 세상의 모든 것을 말할 수 있음을 소설의 몸으로 보여주는 소설이기에 더 의미 있다. 당선을 축하하며 자기만의 목소리를 내는 소설가로 대성하기를 바란다.

정미경 | 이상문학상 수상 작가, **김미현** | 국어국문학전공 교수, 문학평론가

작가의 말

"우리는 어느 별에서 떨어졌기에 이곳에서 만난 걸까요?"

니체가 루 살로메와의 첫 만남에서 던진 대사이다. 『화성에서 온 남자 금성에서 온 여자』라는 책이 있듯이, 사랑에는 질문을 거듭해 우주까지 올라가게 하는 어려움이 있다.

그러나 이 책의 목적은 '사랑의 어려움에 대한 해답'이나 '보다 성숙한 사랑에 대한 갈망'과 같이 순진하고 낙천적인 종류의 것이 아니다. 사랑은 원래 바보 같은 것이다. 이성을 무력화시키기 때문이다.

사랑은 인과관계에 의해 설명될 수 없다. 그것은 단지 상상을 초월할 정도로 유동적일 뿐이다. 사랑은 나의 시공간이라는 3차원의 세계가 아닌, 너와 나의 시공간이라는 9차원의 세계 안에서 움직인다. 그러니 "자동차를 사면 매뉴얼이 함께 딸려오는 것처럼 사랑을 운전하기 위해 『연애론』을 읽는" 방식은 무의미하다. 바우만의 말처럼, "사랑의 '기술'의 표피적인 '습득'은 결과적으로 오히려 사랑에 대해 전혀 무지하게 만든다고 말하고 싶을 정도"이다.

다만 그럼에도 이 사랑이라는 소재를 쓴 이유는 여전히 철학이 낯선 나의 친구들에게 무언가를 재밌게 소개하고 싶다는 소명을 가지고 작업에 임했기 때문이다. 사람들이 이 책을 교육적이라고 느꼈으면 좋겠다. 비록 나는 기껏해야 '이 요리에서는 레몬향이 나요'와 같은 말밖에 할 수 없었지만 말이다.

소설의 앞부분에는 이성으로 감성을 재단하려는 시도가 어리석은 것이라는 소현의 생각이 드러난다. 그렇게 본다면 이 소설 역시 그러한 어리석은 시도 중 하나이고, 그 시작에서부터 이 책은 거대한 난센스이자 코미디가 된다. 이 소설이 어떤 식으로 유용한지에 대한 판단은 (언제나 그렇듯) 여러분의 몫이다.

2014년 12월 전청림

그와 그녀의 ♥ 시나리오

펴낸날 초판 1쇄 2014년 12월 12일
지은이 전청림
펴낸이 김훈순
펴낸곳 이화여자대학교출판부
주소 서울특별시 서대문구 이화여대길 52(우120-750)
등록 1954년 7월 6일 제9-61호
전화 02) 3277-2965(편집)
02) 362-6076(마케팅)
팩스 02) 312-4312
전자우편 press@ewha.ac.kr
홈페이지 www.ewhapress.com
책임편집 이정원
디자인 정혜진
찍은곳 네오프린텍

ISBN 979-11-85909-10-3 03810

값 12,000원

* 잘못된 책은 바꾸어 드립니다.

이 도서의 국립중앙도서관 출판시도서목록(CIP)은 서지정보유통지원시스템 홈페이지(http://seoji.nl.go.kr)와 국가자료공동목록시스템(http://www.nl.go.kr/kolisnet)에서 이용하실 수 있습니다. (CIP제어번호 : CIP2014032394)